Sus(h)i, Sonne und ein wenig Hack

Ein Kriminalroman der besonderen Art

Dominik Kabitzky

AF175833

Dominik Kabitzky

Sus(h)i, Sonne und ein wenig Hack

Satirischer Kriminalroman

Impressum

Bibliografische Information der Deutschen
Nationalbibliothek:
Die Deutsche Nationalbibliothek verzeichnet diese
Publikation in der Deutschen Nationalbibliografie;
detaillierte bibliografische Daten sind im Internet
über http://dnb.dnb.de abrufbar.

© 2020 Dominik Kabitzky

Illustration/Graphik: Thomas Oßwald

Herstellung und Verlag: BoD – Books on Demand,
Norderstedt

ISBN: 978-3-7519-5640-6

Dies ist eine fiktive Geschichte. Die Handlung und alle handelnden Personen sind frei erfunden. Jegliche Ähnlichkeit mit lebenden oder realen Personen wäre rein zufällig.

Der Autor und die Entstehung des Romans

Mein Name ist Dominik Kabitzky, 39 Jahre alt und ich wohne in Nürnberg. Das ungewöhnliche und interessante dieses Romans ist sicherlich die Entstehung sowie die damit verbundenen Prämissen.

Es begann im April 2013. Ich lag auf einer Sonnenliege eines Hotels in Ägypten und hatte kein Buch zur Hand. Kurzerhand begann ich auf meinem damaligen Smartphone eine eigene Geschichte zu schreiben. Nachdem innerhalb von zwei Stunden die ersten zwanzig Seiten vollendete, war das Projekt „Roman schreiben" geboren. In den darauffolgenden Jahren schrieb ich an diesem Buch ausschließlich im Urlaub und benutze dafür mein Smartphone bzw. Tablet. Dies zog sich über Ländergrenzen wie Australien, Neuseeland die Malediven, Seychellen, Thailand und schließlich Griechenland.

Viel Spaß beim Lesen und Lachen. Denn Lachen setzt Endorphine frei und unterdrückt das Stresshormon Adrenalin.

TEIL I – DER NORDDEUTSCHE SUSHI-LIEBHABER UND EINE SKURRILE REISE NACH AFRIKA

KAPITEL 1: ICH UND DER WEG INS LAND DER SCHÄUFELE

Prolog

Eine Woche Ägypten und zum dritten Mal in dasselbe Hotel! Nein, ich nehme keine verschreibungspflichtigen Tabletten und trage keine Thrombose-Strümpfe im Flugzeug, sondern bin ein Mittdreißiger in seiner Blütezeit, dem der Begriff „Hipster" durchaus geläufig ist. Genau gesagt heiße ich Holm Hüdekamp, geboren als einer der letzten Nachfahren eines Wikingerstammes in der Hansestadt Bremen.

Dies behauptet zumindest mein Großvater stolzen Hauptes. Der ist mit seinen 85 Jahren im Vergleich zu anderen Greisen geistig keinesfalls benebelt. Zuletzt war er als ältester Teilnehmer bei „Wer wird Millionär" zu sehen, wo er immerhin 32.000 Euro gewann. Mithilfe der kleinen blauen Pille verfeuert er das gewonnene Geld regelmäßig bei Uschi, der Prostituierten seines Vertrauens, und beschäftigt sich neuerdings mit Ahnenforschung.

Ich bin der Meinung, dass das einzige visuelle Merkmal, welches auf dieses Kriegervolk hinweist, mein strohblondes Haar ist. So sind weder der leichte Flaum in meinem Gesicht noch der Ansatz eines kleinen Bierbauches fundierte Beweise einer angeblichen Abstammung. Nicht nur diese, sondern auch diverse andere Geschichten meines Opas lassen deren Wahrheitsgehalt häufig ernsthaft anzweifeln. So behauptet er voller Überzeugung, Alfons Hüttler habe ihm damals Eva Blond ausgespannt, woraufhin er den Attentatsversuch am 20. Juli 1944 initiiert habe und nicht dieser einäugige Stauffenberger.

Kommen wir zurück zu meiner Person. Ich war damals sechs Jahre jung, als meine Familie beschloss, den Norden Deutschlands zu verlassen, um ins Ruhrgebiet umzusiedeln. Genauer gesagt in die wundervolle Stadt Gelsenkirchen.

Der Ruhrpott war in dieser Zeit geprägt von Steinkohleabbau im großen Stil. Wo es Steinkohle gab, bildeten sich bedeutende regionale

Industriestandorte. Mein Vater war der Überzeugung, als Bergarbeiter dort ordentlich „Kohle" für sich und seine junge Familie zu „scheffeln". Das funktionierte für eine Familie im unteren Einkommensdrittel nur so lange, bis die Grünen in den Bundestag einzogen. Im Jahr 2000 mit Schließung der alten Zeche Hugo verlor mein Vater schließlich seinen Job. Heute sieht man ihn entweder auf Schalke seinen geliebten S04 anfeuern oder mit seinem besten Freund Jacky vor dem Fernseher. Weshalb es ihm dieser Tennessee Whiskey aus Lynchburg so angetan hat, versteht kein Mensch. Gerade weil es im Pott doch die berühmte Ruhrpott-Plörre von Kokoschinski gibt.

In der Stadt der tausend Feuer – und damit meine ich nicht die Bengalos, die hin und wieder in der Nordkurve der Veltins-Arena abgefackelt werden, – verbrachte ich meine Jugend. Meine Mutter, geboren in Hamburg, ist Angestellte eines Reinigungsdienstleisters und übt diesen Beruf bis heute mit Leidenschaft aus. Bis vor Kurzem putze sie täglich in einer großen namhaften Hotelkette und verdiente dort das Doppelte jeder Putzhilfe von putzfrau-gesucht.de. Das Hartz-IV-Einkommen meines Vaters und der Lohn meiner Mutter decken gerade so die Lebensunterhaltskosten pro Monat, so dass sie gemeinsam eine Sozialwohnung im Stadtbezirk Gelsenkirchen-Altstadt beziehen.

Mein Verhältnis zu meinem Vater ist seit frühem Kindesalter angespannt. Los ging das Ganze mit zehn Jahren, als ich mir einen gelben Dieselpulli zu Weihnachten wünschte. Der Kommentar meines Vaters damals:

„Gelb tragen nur Asoziale und Fans des BVB!"

Als ich mich im Alter von vierzehn Jahren demonstrativ auf dem fünfzigsten Geburtstag meines Vaters in einer BVB-Unterhose meiner ganzen Verwandtschaft präsentierte, amüsierten sich in diesem Moment nur Tante Hildegard und mein Opa. Die zwei hatten allerdings vorher drei Köpfe einer Bong geraucht. Seitdem herrschte verbale Funkstille mit meinem Vater.

Zu meiner Mutter habe ich schon immer ein sehr gutes Verhältnis. Zu ihrem runden Geburtstag letztes Jahr schenkte ich ihr einen Gutschein für ein 5-Sterne-Wellness im Bayrischen Wald, der einem zweiwöchigen Urlaub in Italien monetär gleichkam.

Problem daran war, dass Tante Hildegard unbedingt mitkommen wollte und mit fünfzehn Gramm Hasch in der Tasche bei einer Polizeikontrolle erwischt wurde. Der Gutschein galt unglücklicherweise nur für dieses Wochenende, was neben einer Strafanzeige für Hilde dann doch nur einen Blumenstrauß für meine Mutter zur Folge hatte.

Mit siebzehn begann ich eine Lehre zum Bankkaufmann und zog nach Dortmund. Seitdem gratulierte mir mein Vater nicht einmal mehr zum

Geburtstag. Nach meiner erfolgreichen Lehre wechselte ich an die Berufsoberschule in Wuppertal. Mein Abitur bestand ich mit 3,5 und begann im Anschluss, Betriebswirtschaft mit Schwerpunkt Recht zu studieren. Als nach einem Drittversuch im Öffentlichen Recht (ich hasse die Verdi bis heute noch dafür) die Note 5.0 in der Ergebnisliste neben meiner Matrikelnummer erschien, war das Studium für mich frühzeitig beendet.

Nach meiner Exmatrikulation zog ich zurück nach Gelsenkirchen und hielt ich mich mit diversen Gelegenheitsjobs über Wasser. Unter anderem bediente ich in einem Swingerclub namens Zaubermaus. Jeden Donnerstag gab es dort eine Motto-Party mit dem Namen

„Curry Wurst Rot Braun".

Die Geschehnisse dieser Abende werde ich an dieser Stelle nicht weiter „vertiefen".

Fünfzehn Kilo Übergewicht später, versuchte ich mein Leben wieder in den Griff zu bekommen. Die Lösung aller Probleme: Sport.

Um den gezüchteten Fettschlauch um meine Hüften den Kampf anzusagen, meldete ich mich bei einer namhaften Fitnesskette an. Als diese einen Verwaltungsangestellten suchten, bewarb ich mich, bekam den Job und zog zurück nach Dortmund.

Der Liebe wegen bin ich nun seit zwei Jahren Wahlfranke. Wie es dazu kam? Nun, meine Freundin Jenny habe ich bei einer Koch-Sendung mit dem verheißungsvollen Titel „Cash or fuck the Chef" in Hamburg kennengelernt. Das Konzept sah vor, Männer und Frauen in Zweiergruppen einzuteilen um diese als Pärchen gegeneinander kochen zu lassen. Pro Runde konnte man 5.000 Euro gewinnen oder sich für Fuck the Chef entscheiden, was mit einer Woche in einem 5-Sterne-Hotel in Ägypten gleichzusetzen war.

Meine Freunde hatten damals die glorreiche Idee, mich bei dieser Sendung anzumelden, da ich als notorischer Nörgler bekannt war, der sich bei diesen Fernsehformaten über die Kochkünste diverser Kandidaten lustig machte.

Jenny hatte eine ähnliche Vorgeschichte. Ihre Kollegen meldeten sie ebenfalls unfreiwillig für die Sendung an. Der Grund hierfür waren ihre Lästerattacken gegenüber den Kandidaten der Sendung „Das perfekte Abendessen".

Jenny arbeitet bei der Polizei, spezifizierter formuliert beim BKA. Wir sprechen selten über ihren Job, da sie zumeist in verdeckten Ermittlungen tätig ist. Ihre Verschwiegenheit, dient rein zum Schutz unserer Privatsphäre, was ich auch akzeptiere und respektiere.

Jenny wuchs in München auf. Ihre Eltern zählen, im Gegensatz zu meinen, zur finanziellen

Oberschicht. Ihr Vater Karl ein renommierter Physikprofessor, stand kurz vor einem Nobelpreis.

Die thematische Herleitung, versuchte er mir eines Abends bei einem Glas Rotwein zu erläutern. Sein Forschungsgebiet beschäftigte sich mit sogenannten Supraflüssigkeiten. Ich dachte dabei eher an irgendwelche Killerspermien im ersten Moment. Zudem ist er ein hervorragender Koch und Weinkenner. Jennys Mutter Christine hingegen ist Pianistin und erfolgreiche Klangschalen-Therapeutin.

Da sich die Teilnehmer im Anschluss häufig sexuell angeregt fühlen, endet dies meist in hemmungslosen Sexorgien, welche stark an die 68er Bewegung der Kommune I erinnern. Als sie mir die Theorie und Praxis einmal unter vier Augen erläutern wollte, lehnte ich dankend ab.

Kommen wir zurück zur Kochsendung. Nachdem wir uns zu Beginn der ersten Runde mit einem Wiener Schnitzel und Kartoffelsalat in die zweite Runde retteten, vermutete ich, dass der Juror eher von Jennys Dekolleté, anstatt vom verbrannten Wiener Schnitzel angetan war. Dies war offensichtlich an der Mimik des kleinen dicken Lustmolchs zu erkennen.

Er bezeichnete die verbrannte Kruste des Schnitzels allen Ernstes als hervorragend gelungene Geschmacksexplosion. Vermutlich hatte er eher eine kleine flüssige Explosion in seiner Hose.

Als wir tatsächlich noch Runde zwei meisterten, kamen wir ins Finale. Jenny bewies ihre bis dato versteckte Kochkünste. Ich diente nur als Küchenhilfe. Nachdem wir auch das Finale für uns entscheiden konnten, wählten wir den gemeinsamen Urlaub, da wir uns auf Anhieb super verstanden und uns zu der damaligen Jahreszeit ein paar Sonnenstrahlen durchaus gelegen kamen.

Der Urlaub verlief großartig. Die Sonne, das Meer, das Essen verhalfen uns kenn und lieben zu lernen. Dafür musste ich sie nicht einmal über Tinder oder Lovoo kennenlernen, was in der heutigen Zeit kaum mehr denkbar wäre.

Nach dem Urlaub beschlossen wir zeitnah, dass ich zu ihr nach Franken ziehe, da ich durch die Anstellung in der besagten Fitnesskette beruflich flexibler war. Jenny war zu diesem Zeitpunkt in einer fränkischen Außenstelle des Bundeskriminal Amtes, kurz BKA beschäftigt.

Das erste Jahr unserer Beziehung verging rasend schnell In dieser Zeit stellten wir uns unsere Eltern gegenseitig vor, was das Verhältnis zu meinem Vater wieder etwas auflockerte.
Unsere Eltern verstanden sich auf Anhieb so blendend, dass sie sich die darauffolgenden Wochenenden häufiger verabredeten und eines Abends beschlossen, ihr Leben gemeinsam zu verbringen.

Heute betreiben sie in der Nähe von Berchtesgaden eine erfolgreiche Almhütte, finanziert durch Jennys Vater. Meine Mutter kümmert sich um den Empfang und reinigt die Zimmer der Gäste. Jennys Mutter bietet Klangschalenseminare an und gibt Konzerte während der Abendveranstaltungen. Jennys Vater kümmert sich leidenschaftlich um die Küche und mein Vater schmeißt die Bar. Seit er täglich die Seminare von Jennys Mutter besucht, ist er trocken und hat sich den Knappen abgewandt, um dem allzu beliebten FC Bayern eine gewisse Sympathie entgegenzubringen.

Jennys Mutter war es, die schließlich die glorreiche Idee hatte, gemeinsam in den Urlaub zu fahren, und zwar in das Hotel, in dem Jenny und ich uns lieben gelernt hatten. Das Hotel hatte sich in allen Belangen noch einmal auf ein anderes Niveau katapultiert und wir hatten selbst in einer Sechserkonstellation einen Heidenspaß.

Gegenwart

Die Entscheidung, genau diesen, zwar mittlerweile in die Jahre gekommenen 1001-Nacht-Bunker zum dritten Mal anzusteuern, fiel mir und Jenny aufgrund der positiven Erlebnisse der Vergangenheit recht leicht.

Einer der Hauptgründe war, dass es keine nervigen Animateure gab, die die von Zellulitis geplagten Damen Mitte fünfzig auf Biegen und Brechen zur Wassergymnastik oder deren dicke Männer nach dem reichhaltigen Frühstück zum Dart animierten. Dieses Hotel war frei von guter Laune, grins-grins und neonfarbentragenden Vollpfosten. Doch bereits bei der Buchung sticht uns ein nicht unwesentliches Detail ins Auge: All inclusive ab diesem Jahr!! Die Horrorvorstellung, dass nun auch dieses Hotel dem Druck zur Umgestaltung eines Fress- und Saufbunker erlegen ist, nimmt bereits Gestalt an. Trotz des erhöhten Risikos gehen wir die Herausforderung ein und klicken auf den Button „Buchen".

Jetzt heißt es, das Sixpack so schnell wie möglich aufzufrischen. Leider befindet sich keine gut definierte Muskelmasse unter meiner wohlgeformten Bierbauchplauze. Der Gedanke, gegen braungebrannte Ägypter Figur technisch den Kürzeren zu ziehen, animiert mich zu höchster Disziplin! Problematisch ist, dass übermorgen eine Haut-OP ansteht. Diese kleinen, schwarzen, lange Jahre gezüchteten Pigmentierungen erfordern laut

Hautarzt leider einen operativen Eingriff, was wiederum bedeutet, dass Sport die nächsten Wochen tabu ist. Die Sixpack-Planung fällt somit ins Wasser.

An diesem Tag beschließe ich kurzerhand, die nächste urfränkische Kneipe aufzusuchen, um mir ein ofenfrisches Schäufele zu gönnen. Ich mache mich auf den Weg zur Hängebusen Wirtin, die mit dem Slogan wirbt: „Friss eins, sauf fünf! Zahl drei!"

Nachdem ich zwei Stunden später hackedicht aus der Kneipe torkele, wird mir bewusst, dass die fünf Schnäpse nach dem Essen wohl nicht mehr hätten sein müssen. Auf dem Nachhauseweg treffe ich Horst. Horst kenne ich schon seit meiner ersten Kneipentour nach meinem Umzug hierher. Er arbeitet wie Jenny für die Polizei und hat gefühlt die größten Hände der Stadt. Horst erzählt mir, er komme gerade von einer Neueröffnung eines neuen Clubs mit dem Namen Fummel Factory. Dort hatten er und seine Kollegen bereits am ersten Abend eine Razzia aufgrund eines anonymen Hinweises, dass dort Prostituierte illegal beschäftigt seien, durchgeführt.

Da wir beide noch nicht nach Hause wollen, steuern wir schnurstracks in die nächste Eckkneipe. Dort erzähle ich Horst, dass ich in zwei Wochen zum dritten Mal in Folge nach Ägypten fliege. Nach dem zweiten Sambuca erfahre ich, dass seine Tante auf einer Internetplattform namens Egypt Darling einen Afrikaner kennengelernt hat und ihn nach drei Tagen

Bekanntschaft nun heiraten möchte. Sie hat angeblich auch schon eine Sitzplatzreservierung an einem Notausgang und fliegt um 11:30 Uhr ab Nürnberg wie wir auch.

Ich bete innerlich, dass wir mit einer anderen Maschine fliegen und ich, falls doch, keinen Platz neben ihr im Flugzeug bekomme. Der Grund hierfür ist Horsts Beschreibung der Tante: Stell dir eine alte adipöse Frau mit einem Hauch von Uringeruch vor, dann steht Tante Frida vor dir.

KAPITEL 2: HARTZ-IV-TV UND DIE GESCHICHTE VON MUSHI SUSHI

Am nächsten Tag weckt mich mein eigener Morgenfurz. Mit starken Kopfschmerzen schleppe ich mich ins Badezimmer. Jenny, die gerade nackt vorm Spiegel steht, erzähle ich von Horsts Geschichte und dessen fetter Tante Frida. Ich bitte sie, uns doch keine Notausstiegsplätze zu reservieren, um möglichst weit von der Dame weg zu sitzen. Nachdem sie mir offenbart, dass wir diesmal mit irgendeiner Billigairline fliegen würden, bei der keine Platzreservierungen möglich sind, wird mir ganz mulmig und ich übergebe mich erst mal galant in die Kloschüssel, wobei ich versuche meine Gedanken weg von Tante Frida zu steuern.

Die nächsten vier Stunden verbringe ich völlig abgeschottet von der Außenwelt unter meinem Hello-Kitty-Kopfkissen auf unserer neu erworbenen Ikea-Couch. Übrigens, die unter

Lizenz vertriebenen, zahlreichen Produkte der als Markenzeichen geschützten Figur Hello Kitty stehen exemplarisch für die japanische Kawaii-Kultur. Anders als beispielsweise Disney-Figuren haben die japanischen Kawaii-Figuren kaum Mimik oder Gesichtsausdrücke. Im Fall von Hello Kitty geht dies so weit, dass die Figur nicht einmal mehr einen Mund hat Die Gestaltung der 1974 entworfenen Figur orientierte sich an der als Glücksbringer geltenden japanischen Stummelschwanzkatze.

Meine Freundin, die eine Sonntagswanderung mit mir und ihrer Freundin Rosi geplant hatte, ist stinksauer auf mich. Rosi hat seit zwei Wochen einen neuen Hund. Diese Mischung aus Gremlin und Ziegenbock hat uns letzte Woche gleich mal zur Begrüßung auf den Wohnzimmerteppich geschissen. Nicht, dass die Töle brav ein feines Häufchen gesetzt hätte (was ihr Frauchen ganz großartig findet), nein, es musste gleich der flüssige Spritzverteilungsschiss sein, der sogar die neue Couch erreichte. Ich konnte nicht ahnen, dass diese Rasse keinen abgelaufenen Gouda verträgt, den wir noch im Kühlschrank hatten. Ich dachte immer, Hunde sind Allesfresser.

Nachdem Jenny das Haus verlassen hatte, beginne ich einen Staffellauf zwischen Couch und Toilette. Das grelle Licht des neuen HD-Fernsehers verleitet mich, sukzessiv mehrere Aspirin Tabletten einzuwerfen. Vor Kurzem hatte ich eine Arte-Reportage darüber gesehen, dass Bluter niemals Aspirin nehmen dürfen, da der blutverdünnende Wirkstoff das Blut nicht ausreichend gerinnen lässt. Ich hoffe, dass meine Ärztin das für meine morgige OP nicht so eng sieht.

Nachdem die letzte Packung unseres Aspirin Vorrats aufgebraucht ist, schmeiße ich mich widerwillig in meine Wohlfühljogginghose, mein Nirvana-Shirt aus den 90ern und meine Adiletten, die ich mir letzte Woche auf Zalando bestellt habe. Ich quäle mich also aus der Wohnung, um mich auf den Weg zum nächstgelegenen Kiosk zu machen.

Als ich das Treppenhaus betrete, kommt mir unser Nachbar entgegen, der im Haus den liebevollen Spitznamen Biotonnen-Nazi trägt, da er regelmäßig die Hausgemeinschaft mit handgeschriebenen Zetteln auffordert, ihren Biomüll doch ordnungsgemäß zu entsorgen. Das ging sogar so weit, dass er bereits die komplette Nachbarschaft bei der Polizei anzeigen wollte, was diese zur Kenntnis nahm, aber nicht ernsthaft weiterverfolgte. Da meine Jenny selbst eine kleine Umweltschützerin ist, konnten wir uns einer Anzeige bisher gekonnt entziehen.

Auf der Straße angekommen, hämmert der kleine Kopfschmerzkobold erneut vehement gegen meine Schädeldecke. Ich schlendere schräg gegenüber in den Stadtpark, wo ein Iraner einen Kiosk betreibt, in dem es neben diversen Lebensmitteln unter der Ladentheke auch illegal Gras zu kaufen gibt. Auf dem Weg dorthin begegne ich diversen Joggern, Senioren und Gassi Gängern. Eine alte Dame bedient sich gekonnt einer Plastiktüte, um den Scheißhaufen ihres kleinen Dackels zu entsorgen. So eine Plastiktüte hätte ich idealerweise Rosis Köter um den Arsch binden sollen, bevor er anfing, unser neues Sofa vollzuscheißen.

Im Kiosk angelangt, begrüßt mich Iman, so heißt der Iraner, wie immer sehr freundlich. Ich kaufe zwei Red Bull, Kaugummis und zwei Packungen Aspirin und begebe mich schnurstracks zurück in unsere Wohnung.

Dort angelangt, lege ich mich erneut auf die Couch. Nach weiteren drei Aspirin an diesem Tag zappe ich durch die Programme und lande bei „The Biggest Looser". Urplötzlich schießt mir wieder Tante Frida in den Kopf.

Kandidat Klaus bestreitet gerade eine Challenge. Er muss zwei Kilogramm schwere Hanteln mindestens sechzig Sekunden lang waagrecht halten. Leider gehen ihm nach zweiundzwanzig Sekunden die Kräfte aus.

Mithilfe dieser Trash TV-Sendung bringt er es jetzt immerhin nur noch auf schlappe 177,8 Kilogramm! Respekt! Ich denke mir, wenn ich das auch in zwei Wochen schaffe, kann ich voll zufrieden sein. Nur ist Klaus etwas fetter als ich.

So verweile ich den ganzen Tag mit Hartz-IV-Programm ausdünstend auf der Couch. Als meine Freundin zurückkommt und meint, es stinke im

Wohnzimmer wie in einer Kläranlage, schiebe ich es galant auf den Dünnschiss des Köters und die Flecken auf der Couch, die trotz des Polsterduftsprays noch immer sichtbar sind. Als gesunden Ausgleich bestelle ich mir bei meinem Lieblingsjapaner am Abend Sushi. Ich suche mir Ärzte, Restaurants oder Lieferdienste meist über www.ungewöhnlichenamen.de heraus.

Mein Lieblingsjapaner hört auf den Namen Mushi Sushi ohne c. Ich habe der Besitzerin schon häufiger versucht zu erklären, was der Name in der deutschen Sprache bedeutet. Selbst der Duden gibt dies zwar als Verniedlichung einer Katze an, allerdings bezeichnet es umgangssprachlich auch das weibliche Geschlechtsorgan. Die Bundesregierung hat meine Briefe, eine Liste mit zweideutigen Wörtern als Infoblatt in den Einbürgerungstest mit aufzunehmen, bis heute ignoriert.

Die Lieferung übernimmt wie häufig bei meinen Bestellungen ihr Sohn. Er heißt Hiroshi und ist seit Längerem ein sehr guter Bekannter von mir. Wir lernten uns bei einer nächtlichen Kneipentour kennen, nachdem er seinen kleinen Stummelschwanz neben mir am Zaun einer Eckkneipe würgte. Neben den gelegentlichen Auslieferungen des Sushi-Restaurants führt er mit seinem kleinen Bruder Makoto einen illegalen Sportwetten-Clan. Das macht ihn inoffiziell vermutlich zu einem der reichsten Japaner in Europa, was ich aber zu diesem Zeitpunkt noch gar nicht offiziell wusste.

Vergangenheit

Hiroshis Mutter entschied sich vor über dreißig Jahren, ihre Heimatstadt Tokio zu verlassen, als ihr Ehemann nach einem Restaurantbesuch am Gift des Kugelfisches verstarb. Der Koch hatte zu dieser Zeit Liebeskummer und filetierte ein Stück des Fisches unachtsam. Hiroshi und Makoto waren damals sacht Jahre alt.

Mit dem Geld der Lebensversicherung eröffnete ihre Mutter zunächst ein Nagelstudio in Nürnberg. Nürnberg war ihr durch den Christkindlesmarkt ein Begriff und so zogen sie ins beschauliche Mittelfranken. Nürnberg ist die zweitgrößte Stadt Bayerns. Hier leben über eine halbe Million Menschen, was man durchaus vergisst, wenn man nur die malerische Altstadt mit Fachwerkhäuschen, Bratwurstduft und die altertümliche Burg vor Augen hat.

Die Eingliederung in eine Schule im Stadtbezirk Südstadt war damals nicht einfach für ihre beiden Kinder.

Die anfängliche Sprachbarriere war einer der Gründe. Hiroshi war sehr ehrgeizig und fleißig, was zur Folge hatte, dass er die deutsche Sprache rasend schnell erlernte. Da er zudem sehr sportlich war, fing er an, Mitschülern in den Pausen Karatetricks beizubringen. Seine Beliebtheit bei den Schülern wuchs in den darauffolgenden Monaten und Jahren erheblich.

In dieser Zeit lernte er Ayhan kennen. Ayhan war der Sohn türkischer Einwanderer. Ein

Militärputsch in der Türkei in den 80er Jahren führte zu einer Auswanderungswelle, die sich stark auf die demographische Struktur der in Deutschland lebenden Türken auswirkte. Auch Ayhans Vater kam zu dieser Zeit nach Nürnberg und betrieb anfangs von seinem ersparten Geld ein kleines legales Wettbüro, in dem größtenteils türkischstämmige Leute ihren Nachmittag bei Raki und türkischem Tee verbrachten.

Da der Zugang zu Wettbüros in Deutschland gesetzlich erst ab 18 Jahren möglich war, fingen Hiroshi und Ayhan an, in der Schule speziell reichen Schülern das Geld durch Wetten abzuknöpfen. Mit 18 hatten sie so viel verdient, dass sie ihr eigenes Wettbüro eröffneten.

Als Ayhans Vater schließlich durch einen blöden Unfall starb (er sprang von Raki benebelt in die Pegnitz und ertrank), erbte Ayhan seine Geschäfte. Neben einer professionellen Geldwäscherei kam er so zu dem erfolgreichsten legalen Wettbüro dieser Zeit. Ayhan übernahm die Geschäfte und setzte Hiroshi als Geschäftsführer ein, der das Portfolio um illegale Sportwetten erweiterte. Jahre später ließ Ayhan sich von Hiroshi ausbezahlen und setzte sich mit seiner Familie in die Türkei ab, wo er heute in der Nähe von Izmir glücklich einen Gnadenhof für Ziegen betreibt.

Nachdem das Nagelstudio von Hiroshis Mutter nicht den erwarteten Erfolg brachte, kaufte er ihr schließlich das beste Sushi-Restaurant der Stadt. Das heutige Mushis.

Sein Bruder Makoto hingegen leidet seit seinem vierzehnten Lebensjahr an einer sogenannten emotional instabilen Persönlichkeitsstörung. Auslöser war eine harmlose Bloßstellung durch Hiroshi.

Makoto wurde mit nur einem Hoden geboren. Hiroshi erzählte das damals innerhalb der Schulclique, zu der auch Makotos große Liebe Ingrid gehörte. Nachdem Hiroshi die Geschichte verbreitete, nannten ihn die Schüler „Half-Sack" wodurch er zum Gespöt der gesamten Schule wurde.

Zu dieser Zeit entwickelte er sich zu einem regelrechten Monster. Sobald ihn jemand nur ein wenig reizte, holte er sein japanisches Messer und ritzte den Leuten kleine japanische Zeichen in die Arme.

Reizte man ihn bis ins Extreme, schnitt er Personen auch mal die Kehlen durch. Das passierte zwischen seinem siebzehnten und einundzwanzigsten Lebensjahr insgesamt vier Mal.

Alle Morde sind bis heute ungeklärt. Die Medien berichteten in der Zeit vom Japan-Schlitzer. Ein Augenzeuge hatte angeblich japanische Gesichtszüge bei einer seinen letzten Taten erkannt.

Monate später entdeckten Wanderer die verkohlte Leiche des Zeugen in einer kleinen Scheune in einem Vorort von Nürnberg.

Also Makoto die Taten gegenüber seiner Mutter gestand, schickte diese ihn daraufhin ins japanische Exil, wo die Yakuza kurze Zeit später auf ihn aufmerksam wurden.

Er lebte fünfzehn Jahre untergetaucht in Japan, um diverse Aufträge für die Yakuza zu erledigen. Er stieg zum regionalen Anführer in Middle East Asia auf, bevor er einen Auftrag in den Sand setzte, bei dem zwölf seiner Männer starben.

Seine damalige Zielperson war ein gewisser Sambal Olek. Die Yakuza zeigten Dankbarkeit für die in der Vergangenheit geleistete Arbeit und ließen ihn am Leben, schickten ihn aber schließlich vor zwei Jahren nach Deutschland zurück.

Nachdem Makoto aus Japan zurückkehrte fiel ihm die Wiedereingliederung unheimlich schwer. Zu Beginn startete seine Mutter den Versuch, ihn in der Küche des Sushi-Ladens einzusetzen. Das klappte genau einen halben Tag, bis er dem Sushi-Koch ein Messer in die Schulter rammte, weil er angeblich zu wenig Ingwer und Wasabi in die Plastikbox füllte.

Die OP sowie ein wenig Schmerzensgeld vermieden eine weitere Anzeige des Angestellten.

Der Koch ging schließlich nach Osaka zurück, wo er bis heute einen gut gehenden Karaoke-Laden betreibt. Danach versuchte ihn seine Mutter als Auslieferer einzusetzen, was zumindest eine Woche ganz gut funktionierte.

Als er eine Sushi-Lieferung bei einem Kunden ablieferte, der sich über die verspätete Lieferung und das fehlende Wasabi beschwerte, brannten bei ihm erneut die Sicherungen durch.

Das Ergebnis waren zwei gebrochene Beine des Kunden. Er erhielt keine Anzeige, da das Mushis dem Kunden ein halbes Jahr eine freie Sushi-Lieferung pro Woche und ebenfalls eine große Summe Schmerzensgeld bezahlte.

Um sich nicht wieder in das Monster von früher zu verwandeln, suchte er regelmäßig, auf Bitte seiner Mutter hin, einen bekannten Psychologen auf, der ihm half, sein Problem in den Griff zu bekommen.

Der Schlüssel zum Erfolg: klassische Musik. Ein Abo am Staatstheater und diverse Downloads über iTunes helfen ihm, seine Aggressionen in den Griff zu bekommen. Seitdem sieht man ihn selten ohne seinen iPod und Kopfhörern (von Hello Kitty).

Selbst bei Unterhaltungen trägt er diesen, um sich innerlich zu entspannen.

Gegenwart

Kommen wir zurück zu meiner Sonntagabendbeschäftigung.

Während ich also geschickt den Fliegenfischschisskaviar von den gelieferten California Rolls kratze, denke ich bereits an meine morgige OP und an Arzthelferin Gaby.

Diese kommt ebenfalls aus Dortmund. Im Teenie Alter bat sich mir die Möglichkeit im Städtischen Hallenbad Dortmund nach 100 m Kraulen und ein paar plumpen Annäherungsversuchen sie in der Umkleide durchzuvögeln.

Ein Bekannter aus Dortmund hatte mir erzählt, dass sie in Franken eine Umschulung zur Arzthelferin begonnen habe, und das tatsächlich bei Dr. Vorhaut meiner Hautärztin. Google sei Dank! Jackpot! Wie sie heute wohl aussieht? Sie hatte zumindest damals bereits operierte Brüste und ein Arschimplantat, was dazu führte, dass laute Klatschgeräusche aus der Umkleide schallten.

Der Sonntagabend klingt schließlich mit einem gemütlichen Tatort aus. Anschließend verkrieche ich mich in unser sauberes Boxspringbett und wünsche mir von Gabys Brüsten zu träumen, die ich morgen in natura in der Praxis erleben darf.

KAPITEL 3: LASST MICH MIT DEM DOKTOR IN RUHE

Morgens um sechs Uhr weckt mich die Musik von The Carpenters aus meinem Tiefschlaf. Der erhoffte Traum von Gaby blieb in dieser Nacht leider aus. Stattdessen träumte ich von Klaus, der mich in einem Dschungel in Costa Rica mit einem G36 verfolgte, weil ich ihm angeblich sein letztes Snickers entwendete.

Nachdem ich widerwillig zum dritten Mal die Schlummer-Funktion des Weckers bediene, zieht mir meine Freundin die Decke weg. Der Anblick, dass ich unten ohne schlafe, ist für sie mittlerweile völlig normal.

Wenn ich brav bin, begrüßt sie den kleinen Holm auch hin und wieder mit einer ausgiebigen Handmassage, was heute Morgen leider nicht der Fall ist.

Nachdem ich das Bett verlassen habe, folgt nach der Morgentoilette mein Zulu-Zipfel-Zumba. Dabei wird der Zipfel während der Kniebeugen so lange gegen die Beine geschlagen, bis man völlig erschöpft ist. Die Idee, diese Art des Zumbas als Erwachsenenversion nach zweiundzwanzig Uhr auch in Fitnessstudios anzubieten, wurde bis dato leider vehement von allen Studios abgelehnt.

Ich betrachte meinen kleinen schwarzen Freund am Oberschenkel, den mir heute Frau Dr. Vorhaut entfernen wird, völlig entnervt. Der zweite Leberfleck befindet sich an meinem rechten Schulterblatt. Da ich meinen Rücken eher selten zu Gesicht bekomme, nenne ich diesen Fleck Hans. Einer von Heidi Klums Brüsten. Die bekomm ich in diesem Leben schließlich auch nie live vor die Linse. Nach der morgendlichen Tasse Kaffee setze ich noch drei braune Muffins in die Kloschlüssel und mache mich auf zur fünfzig Kilometer entfernten Hautarztpraxis von Dr. Vorhaut. Allein der Name des Arztes war mir diese Strecke wert.

Ich befinde mich keine fünf Minuten auf der Straße, schon nähere ich mich in einer 50er-Zone einem 30 km/h fahrenden Nissan Micra. Nicht dass der Aufkleber „Mia und Malte fahren mit" mich stören würde. Besser wäre vielleicht in diesem Fall „Papa von Mia und Malte am Steuer – Achtung notorischer Schleicher!" Ich überhole ihn und schon wird ein unfreiwilliges Foto von mir geschossen.

Der schwarze PKW mit Blitzlichtanlage ist wohl kein professioneller Fotograf, sondern steht dort bewusst, um armen Mitbürgern das Geld aus der Tasche zu ziehen. Damit ist mir vermutlich der nächste Punkt in Flensburg sicher. Den Lappen bin ich durch diese Aktion wieder einen Monat los.

Der Montagmorgen startet sehr vielversprechend. Passend läuft ein Remix des Klassikers „I don't like mondays" von dem Teenie Schniedel-Schwarm Justin B.

Nachdem ich die Auffahrt zur Autobahn A3 genommen habe, verkündet die Dame aus dem Radio, die aufgrund ihrer lasziven Stimme wohl besser an die Sexhotline gehört, dass sich dort ein Geisterfahrer befindet. Ich nehme die nächste Autobahnausfahrt, um mein Ziel über die Landstraße anzusteuern, um endlich voller Vorfreude Gaby begrüßen zu dürfen.

Mit fünfzehnminütiger Verspätung erreiche ich endlich die Praxis von Frau Dr. Vorhaut. Erwähnenswert ist in diesem Zusammenhang, dass sie die Praxis gemeinsam mit ihrem Ehemann führt, einem bekannten Schönheitschirurgen, der ihren Namen nach der Hochzeit annahm.

Herr Dr. Vorhaut ist ein guter Bekannter von Hiroshi. Er hat mittlerweile Wettschulden in Höhe von 75.000 Euro angesammelt.

Dies hat mir Hiroshi eines Abends anvertraut, nachdem wir gemeinsam mit Horst fünf Flaschen Sake bei Mushis vernichtet hatten. Hiroshi beginnt im alkoholisierten Zustand gerne, interessante Details seiner Haupteinnahmequelle auszupacken.

Nachdem ich endlich den Ort des Glückes erreicht habe, nähere ich mich angespannt der Praxis. Am Empfang begrüßt mich allerdings nicht Gaby, sondern eine alte, schlecht gelaunte Schreckschraube, die mich in einem militanten Stil auffordert, die mir ausgehändigten Unterlagen für die lokale Anästhesie auszufüllen. Anschließend solle ich doch bitte im Wartezimmer Platz nehmen. Gesagt, getan. Ich setze mich neben eine Dame mittleren Alters. Nachdem ich den Bogen nach bestem Wissen und Gewissen ausgefüllt habe, kommen wir ins Gespräch. Sie offenbart mir, dass ihre äußeren Schamlippen nach drei Geburten so ausgeleiert seien, dass sie deshalb ein Beratungsgespräch bezüglich einer Straffung habe. Nach circa fünfundvierzig Minuten betritt eine schlanke, gutaussehende junge Frau das Wartezimmer. Gaby. Nach dem ersten Blickkontakt und ihren Blick auf meinen Ranzen fällt die Begrüßung sehr innig aus.

„Holm Hüdekamp!" „Wie lange ist es her?"
„Bisschen zugelegt hast du ja schon mein Lieber!"

Bei ihrer Umarmung stelle ich fest, dass sie seit unserer letzten Begegnung an ihren Körbchen vermutlich noch eine Größe draufgepackt hat.

Nach einem kurzen Smalltalk verabrede ich mich schließlich mit ihr in den kommenden Tagen im Mushis.

Im OP-Raum begrüßt mich Frau Dr. Vorhaut mit einem verschmitzten Lächeln. Ich vermute, dass Gaby ihr zwischen Tür und Angel bereits von meinen halbafrikanischen Wurzeln erzählt hat. Vergeblich warte ich auf die Drogen, die einem normalerweise vor einer OP verabreicht werden.

Nach zehn Minuten ist schließlich alles vorbei und ich bin enttäuscht, dass die beiden Leberflecke nun in einem Labor landen. Grund ist eine Untersuchung zur Feststellung potenzieller Krebsgeschwüre.

Frau Dr. Vorhaut erinnert mich daran, die nächsten zwei Wochen keinen Sport zu treiben, und gibt mir den Hinweis, beim Duschen aufzupassen, dass kein Wasser an die Wunden gelangt. Das lasse ich mir noch schriftlich bestätigen, um es Jenny am Abend unter die Nase zu reiben. Ich verlasse also die Praxis mit zwei kleinen Nähten und verspreche Gaby, mich in den kommenden Tagen bei ihr zu melden.

Auf dem Nachhauseweg beschließe ich kurzerhand, an einer der großen Burger Ketten einen kleinen Zwischenstopp einzulegen. Dort angekommen, sehe ich eine größere Anzahl geparkter Motorräder. Vor einigen Wochen bin ich nach einem Fußballspiel schon einmal mit den Konsorten aneinandergeraten. Nach zehn Bier dachte ich, es wäre doch eine wundervolle Idee, auf den Ledersitz einer der Harleys zu schiffen. Hiroshi konnte das damals glücklicherweise für mich regeln, da er mit dem Boss der Motorrad Gang in Franken Geschäfte macht. Als ich mich der Bestelltheke nähere, dreht sich genau dieser Typ mir entgegen, dem ich damals den Sitz beschmutzen wollte. Glücklicherweise ist er so auf seine Pommes fixiert, dass er mich nicht bemerkt. Blöderweise gilt das nicht für seine fetthaarige, adipöse Begleitung.

„Horch a mal, Herbert, is des ned der Dyp, der dei Radl anschiffen wollt?"

Da Hiroshi leider nicht vor Ort ist, wende ich mich schnurstracks um und renne aus der Filiale. Mit quietschenden Reifen und knurrendem Magen fahre ich Richtung Heimat. Nachdem ich an diesem Tag zum zweiten Mal geblitzt werde, beschließe ich, zukünftig den Montag aus meiner Wochenzählung kategorisch auszuschließen. Dafür gibt es ab sofort zwei Dienstage.

Am Abend zeige ich Jenny überglücklich das Schreiben von Dr. Vorhaut, das ihr alles andere als ein Lächeln ins Gesicht zaubert. Während meines allabendlichen Duschrituals rufe ich sie zu mir. Als ich ihr meinen Allerwertesten entgegenstrecke und ihr mit meinen Klöten ins Gesicht klatsche, verpasst sie mir einen Tritt und ich fliege mit voller Wucht gegen die Glasscheibe der Dusche. Die Platzwunde an der Schläfe blutet so stark, dass es einem Schwein nach der Schlachtung gleichkommt. Jenny beginnt zu heulen und drückt mir gefühlt 20 Kompressen auf die Wunde. Meinen

Wunsch, Dr. Vorhaut aufzusuchen, lehnt sie ab und wir düsen in die Notaufnahme des nächsten Krankenhauses.

In der Notaufnahme angekommen, darf ich wiederholt einen Fragebogen ausfüllen. Diesmal geht es nicht um Fragen rund um meinen Stuhlgang, sondern um Angabe diverse Krankheiten, die ich schon habe.

Der freundliche Inder am Empfang stuft mich wie ein Wackeldackel als mittlere Dringlichkeit ein. Ich frage mich, was für eine Dringlichkeitseinstufung wohl ein Verletzter, dem beide Arme und Beine fehlen, bekommen würde. Nach zwei weiteren Stunden und gefühlten zwanzig Mullbinden auf meiner Wunde empfängt mich schließlich ein Arzt in der Notaufnahme. Nach Säuberung der Wunde werde ich mit vier Stichen genäht. Heute ist mein Stichtag. Nachdem ich weitere zwei Stunden in der ambulanten Röntgenaufnahme verbringe, wird bei mir eine leichte Gehirnerschütterung diagnostiziert und ich werde dazu verdonnert, die Nacht zur Beobachtung im Krankenhaus zu verbringen.

Der gesetzlichen Krankenkasse sei Dank werde ich in ein Zimmer gebracht, in dem zwei ältere Herren gefühlt die letzten Stunden ihres Lebens verbringen.

Der eine stöhnt, als wäre er Synchronsprecher eines Pornos, der andere flüchtet alle 20 Minuten auf die Zimmertoilette, um per Paukenschlag die Wurst mit Musik des Vorabendessens in die Schüssel zu donnern. Die Nacht schlafe ich exakt eine Stunde, nämlich die vor der morgendlichen Visite.

Es wird mir mitgeteilt, dass ich noch die Nachmittagsvisite um sechzehn Uhr abzuwarten habe. Zeit genug, meine beiden Zimmergenossen tagsüber noch besser kennenzulernen. Mit Erwin (dem Stadtwurstmusiker) mache ich mich um zehn Uhr erst einmal auf dem Weg zum Krankenhauskiosk, um uns zwei LKW (Leberkäsweckla) zu holen.

Er erzählt mir, dass er aufgrund seines hohen Blutdrucks Wurstverbot hat. Er aber galant darauf wortwörtlich scheißt. (Man hat es letzte Nacht vernommen.) Dem zweiten Kollegen – Xaver – wurde gestern ein Fuß abgenommen. Starker Raucher, erklärt er, und zündet sich erst mal eine Zigarette im Innenhof des Krankenhauses an. Er bekomme zu wenig Morphium.

Ich trinke gemütlich meinen Kaffee und wandere zurück ins Zimmer. Dort schreibe ich Jenny, sie solle mich gegen achtzehn Uhr im Krankenhaus abholen und schlummere kurz darauf ein.

Während der Visite am Nachmittag erklärt mir der Oberarzt, ich habe eine Arachnoidalzyste in der Schädeldecke. Kaum Grund zur Beunruhigung, allerdings müsste man es beobachten. Auf diesen Schock hin bitte ich Jenny, die am Parkplatz auf mich wartet, mich bei Mushis abzusetzen.

Dass dort auch die hübsche Gaby anwesend sein wird, lasse ich unerwähnt. Ich treffe auf Hiroshi und seine Kumpel, die bei einer Flasche Sake einem verschuldeten Wettkollegen die Fingernägel entfernen.

Ich setzte mich zu Hiroshi und warte so lange auf Gaby. Während wir diesen Abend in einer großen Runde zehn Flaschen Wein, Gin und diverse Spirituosen leeren, reden wir über Gott und die Welt.

Hiroshi und seine Kumpel überreden mich schließlich noch, völlig betrunken eine Sportwette zu platzieren. Langsam finde ich Gefallen daran und wette fünfhundert Euro auf ein Pferd namens Hurricane für ein Rennen, das morgen stattfindet. Ich setze mich in die Ecke und trinke schließlich meinen letzten Gin Tonic aus und begebe mich Richtung Heimat in mein Boxspringbett. Dass ich in dieser Nacht durch diverse Gin-Fürze und Schnarch-Attacken Jenny den Schlaf raube, bleibt von mir gänzlich unbemerkt.

Am nächsten Morgen beginnt nach dem verlängerten OP-Wochenende wieder der triste Arbeitsalltag. Als kaufmännischer Angestellter dieser großen Fitnesskette, nehme ich morgens um acht Uhr die U-Bahn Richtung Südstadt. Mein Arbeitgeber setzt auf Massenstudios mit Vollpfosten, die sich die Monatsbeiträge meist von ihrem Hartz-IV-Budget leisten müssen. Ich bin in der Vertragsverwaltung der Fitnesskette im Bezirk

Bayern angestellt. Genauer gesagt, in der Abteilung Mahnwesen Süd. Mein abgebrochenes BWL-Studium mit dem Schwerpunkt Recht offerierte mir unter anderem diese Möglichkeit. Ein wesentlicher Vorteil dieses Jobs ist die Flexibilität, innerhalb Deutschlands in andere Filialen wechseln zu können. Daher war es auch kein Problem, in dieser Filiale unterzukommen, als ich damals nach Franken zu Jenny zog.

Das erste Telefonat führe ich an diesem Morgen mit Sandy, der Studioleiterin Süd-West, wegen Kevin K.

Kevin ist Stammgast in einem unserer Studios und arbeitslos. Neben den aufgelaufenen Kosten für Eiweißshakes, die er sich regelmäßig vor dem Spiegel reinpfeift, ist er mit den Mitgliedsbeiträgen sechs Monate hinterher. Das bedeutet in Summe 845,30 Euro. Kevin lebt bei seiner Mutter, die ihn im Normalfall regelmäßig aus der Scheiße zieht. Ungeschickt ist nur, dass sie ihn vor zwei Monaten aus der Wohnung geschmissen hat, nachdem er aufgrund einer Testosteron-Überdosis ihren neuen Badezimmerschrank zertrümmerte. Er war der Überzeugung er wäre die Comicfigur Hulk.

Kevin wohnt jetzt bei seinem Steroiden Kumpel Kurt, der gerade mal mit 400,25 Euro an Rückständen nur auf Platz fünfundzwanzig der offenen Mitgliedsbeiträge rangiert.

Seine Mitgliedskarte wurde bereits gesperrt, was diesen Freitag den Alltag des Muskelprolls völlig durcheinanderbrachte.

Meine Kollegin Sandy war so gutmütig und hatte ihn trotzdem ins Studio gelassen. Sandys Freundin Svenja, eine völlig durchgeknallte Influencerin, steht scheinbar auf Kevin. Sandy berichtet mir, dass Svenja den Betrag heute Morgen bar beglichen habe.

Was Sandy nicht weiß: Svenjas Vater gehört der größte Puff der Region. Das dieser regelmäßig bei Hiroshi Wetten platziert, ist ihr ebenso wenig bekannt.

An diesem Abend verabrede ich mich per WhatsApp mit Horst, der mir angebliche Neuigkeiten von Tante Frida bei einem Glas Gin Tonic mitteilen möchte.

Ich treffe ihn im Four Fingers, eines der besten Steak-Restaurants der Stadt. Vor zwei Jahren hat es sogar einen Michelin-Stern erhalten und konnte ihn bislang auch behalten.

Als ich am Abend ankomme, ist Horst schon bei Steak Nr. 2 und Gin Tonic Nr. 4.

Er erzählt mir, dass er heute kaum was gegessen habe. Einzig und allein ein ausgiebiges Frühstück, zwei Zwischenmahlzeiten und einen Rinderbraten zu Mittag. Ich bestelle mir also mein erstes Steak Medium Rare, während Horst schon beim dritten in der Variante Rare angelangt ist. Er erzählt mir, dass Tante Frida nun doch nicht nach Ägypten fliegt, sondern sich bereits mit Mutombo aus dem Kongo via Internet verlobt hat. Der Kollege kommt übermorgen nach Deutschland. Die Flugkosten übernimmt dafür großzügig Tante Frida.

Von Hiroshi weiß ich, dass dahinter häufig ein illegaler Heiratsschwindler Ring steckt, der alleinstehende, meist betuchte älteren Damen ausnutzt, um ihnen das vorhandene Geld aus den Taschen zu ziehen.

Wenn es etwas Positives an der Geschichte gibt, dann dass keine Gefahr besteht, neben Tante Urin im Flieger zu sitzen.

Am Abend möchte ich die frohe Botschaft Jenny verkünden. Als ich die Wohnung betrete, höre ich sie schon von Weitem aus der Küche schluchzen. Ich betrete die Wohnung mit einem mulmigen Gefühl und voller Anspannung.

KAPITEL 4: DAS UNERWARTETE ERBE UND SIEG DURCH KOLIK

Als ich die Küchentür öffne, fällt mir Jenny völlig aufgelöst um den Hals. Ihr Opa Alfons ist heute früh gestorben. Meinen Kommentar, das war doch nur noch eine Frage der Zeit, scheint Jenny noch mehr zu verärgern. Der alte Namensvetter des Führers sympathisierte zudem auch noch mit dem geisteskranken Österreicher, was unsere gemeinsamen Begegnungen nie positiv verlaufen ließ.

Der Greis war Mitglied der SS, was er bei jedem gemeinsamen Essen mit der Familie aufs Neue betonte. Als er letztes Wochenende wieder damit anfing, man solle doch die ganzen Asylanten ins Konzentrationslager stecken, riss mir der Geduldsfaden.
Ich hatte an diesem Abend bereits eine Flasche Rotwein intus, um das Gelaber des alten Nazis einigermaßen zu ertragen. Nachdem ihm dieser

Spruch über die Lippen gekommen war, trat ich galant gegen sein Stuhlbein, so dass er rückwärts umkippte und sich dabei sein Steißbein brach. Im Krankenhaus stellten sie bei einer Routineuntersuchung fest, dass er Darmkrebs im Endstadium hatte. Dies hat mir zumindest Jenny erzählt, da ich keinen Fuß in das Krankenhaus setzen durfte. Gerichtlich bewirkte er eine einstweilige Verfügung gegen mich, bei der mir es untersagt wurde, mich ihm auf 50 Meter zu nähern.

Mein Vorschlag, sein Erbe für ein ferneres Urlaubsziel zu nutzen, bringt Jenny noch mehr zur Weißglut. Sie müsse sich jetzt um die Beerdigung kümmern, da ihre Mutter dies niemals für den alten Nazi organisieren würde und Jennys Oma bereits seit Jahren beim Heiligen Vater weilt.

Um sie ein wenig zu beruhigen, biete ich ihr an, den Part mit der Erbschaft zu organisieren. Ich bitte Jenny, mir eine Vollmacht auszustellen, telefoniere mit Hiroshi, den ich bitte, mich zu begleiten und vereinbare kurzerhand einen Termin mit dem Nachlassgericht zur Testamentsverkündung. (Das ist fiktiv)

Am Nachmittag treffe ich mit Hiroshi dort ein. Da bei solchen Angelegenheiten nur Familienmitglieder oder familiennahe Personen anwesend sein dürfen, bittet ihn ein Gorilla an der Tür, das Amt doch bitte zu verlassen.

Schlecht für den Gorilla, denn Hiroshi kennt viele andere Gorillas. Der Beamte, ein Schnösel mit Fliege, verliest das Testament von Opa Alfons. Jenny erbt ein Grundstück in Dresden, zwei goldene Säbel aus dem 15. Jahrhundert und seine seidenen Krawatten. Der Großteil des Geldes geht an eine ältere Dame, mit der Opa Alfons angeblich das ein oder andere Schäferstündchen verbracht hat. Die beiden Säbel bringen es immerhin auf einen Schätzwert von 10.000 Euro, da sie unter anderem mit Diamanten verziert sind. Unsere nächsten Urlaube sollten also erst mal gesichert sein.

Nachdem ich das Amt verlassen habe, bitte ich Hiroshi, das Grundstück in Dresden zu begutachten und schätzen zu lassen. Eventuell kann er von dort aus den Geschäften mit seinen Kunden in Ostdeutschland nachkommen.

Die nächsten Tage bekomme ich Jenny kaum zu Gesicht, da sie mit der Organisation der Nazi-Beerdigung beschäftigt ist.

Sie meint schließlich, dass ich nicht zu der Beerdigung kommen brauche, was mir durchaus entgegenkommt. Am Ende hätte ich wohl noch aufs Grab gepinkelt.

Am nächsten Morgen telefoniere ich von der Arbeit aus mit Hiroshi. Er berichtet mir, dass die 500 Euro, die ich beim Pferderennen auf Hurricane gesetzt habe, in Gefahr seien, und sie nun umdisponieren, beziehungsweise ein wenig nachhelfen müssen. Das Pferderennen findet in Abu Dhabi statt, aber er kenne da jemanden, der das Ganze wieder in die richtigen Bahnen lenken werde. Die Quote von Hurricane mit 7,8 sei nicht gefährdet. Das würde bedeuten, ich bekomme bei einem Sieg 3.900 Euro.

Am Abend desselben Tages treffen wir uns in der Sportsbar 9000. Diese zwielichtigen Gestalten in solchen Läden sind mir nie geheuer. Wie es scheint, sind hier aber alle Hiroshi untergeben.

Der Kommentator an den Bildschirmen berichtet währenddessen, dass zwei der favorisierten Pferde plötzlich an einer schweren Kolik leiden. Am Ende gewinnt Hurricane schließlich knapp vor Ludwig.

Hiroshi bietet mir an, mein Geld zu verwalten, bis ich wieder vom Urlaub zurückkomme. Ich willige ein und plane schon, mit den Einnahmen des Grundstücks und dem Wettgewinn in weitere Wetten mit Hiroshis Hilfe zu investieren. Der ROI ist gigantisch!

Den Abend nutze ich, um mit Jenny gemeinsam etwas zu kochen. Jenny zaubert einen großartigen Salat und eine leckere Lasagne. Ich bin zuständig für das Dessert. Ich mache Mousse au Chocolat und forme daraus kleine Kackhäufchen, was Jenny mal wieder ganz und gar nicht lustig findet und mich auf die Wohnzimmercouch verbannt. Ich schlafe zum achten Mal in Folge ungevögelt gegen dreiundzwanzig Uhr ein.

KAPITEL 5: MORNING SHOW STATT MORNING GLORY

Nachdem mich Jenny nach den Mousse-au-Chocolat-Häufchen souverän den ganzen Tag über ignoriert, überlege ich mir eine Taktik, wie ich bis zu unserem Urlaub wieder Schwung in unsere Beziehung bringen könnte. Durch meine etlichen Sauftouren mit Horst lernte ich bei einem nächtlichen Gelage Toto kennen. Toto ist Radiomoderator der beliebtesten Morning-Show Frankens. Horst und ich beschließen bei einem gemeinsamen Bier, dass eine nette Radiomessage für sie doch eine großartige Idee wäre. Frauen schütten früh morgens im Badezimmer angeblich vermehrt Glückshormone aus, sofern Ihnen der Radiosender gefällt. Da ich weiß, dass Jenny jeden Tag bereits bei ihrem Morgenhäufchen die Sendung von Toto einschaltet, bitte ich ihn, sie mit einem Liebesgeständnis meinerseits zu überraschen. Die exakten Details überlasse ich ihm.

Er ist schließlich der Profi. Ich vereinbare 6:45 Uhr des nächsten Morgens mit ihm.

Voller Vorfreude stelle ich mir meinen Wecker auf sechs Uhr des nächsten Morgens. Völlig angespannt liege ich im Bett und warte, bis ihr Wecker klingelt. Da er normalerweise um 6:30 Uhr schellt, es aber schon 6:38 Uhr ist, werde ich nervös und gebe Jenny einen galanten Tritt, so dass sie aus dem Bettchen segelt. Völlig verdutzt springt sie vom Boden auf und fragt mich, ob ich sie aus dem Bett geschmissen hätte. Nach einer überzeugenden Verneinung meinerseits begibt sie sich schließlich ins Badezimmer. Mein Plan scheint zu funktionieren. Ich höre bereits die Musik des Radiosenders im Bad laufen. Ganz gespannt bleibe ich im Bett liegen und schalte leise parallel den Radiowecker ein. Die Morning-Show ist deshalb recht beliebt, da Toto dafür bekannt ist, auch bei heiklen Themen kein Blatt vor den Mund zu nehmen. Allerdings hätte ich nicht gedacht, dass er Folgendes von sich lässt:

„Guten Morgen Bewohner des wunderschönen Frankenlandes! Gestern hat mich eine Nachricht meines Kumpels Holm erreicht:

Liebe Jenny, vermutlich presst du gerade geschickt ein kleines Würstchen in eure Kloschlüssel.

Da du keine verkappte Spaßbremse bist, möchte dir dein lieber Holm mit dem nächsten Lied zeigen, wie sehr er dich liebt.'"

Zwei Sekunden später ertönt der Song „Bitch" von Meredith Brooks.

I am a bitch, I am a lover
I am a child, I am a mother
I am a sinner, I am a saint
I do not feel ashamed
I am your hell, I am your dream
I am nothing in between
You know you would not want it any other way
Aber nicht genug. Toto legt noch einen hinterher.

„Da ja dein Nazi-Opa nicht mehr unter uns weilt, spielen wir in Gedanken an ihn im Anschluss noch die deutsche Nationalhymne."

Die Hymne ertönt und ich ahne bereits schlimmes.
Eine Minute später steht Jenny mit hochrotem Kopf in der Tür.

„Du verdammtes Arschloch, ich will, dass du noch heute deine Sachen packst. Ich will dich nie wiedersehen!"

Sie zieht sich eine Jeans und eine Bluse über und flüchtet tränenüberströmt aus der Wohnung. Ein letzter Satz, ich solle den Schlüssel doch solange behalten, bis ich meinen ganzen Krempel aus der

Wohnung geschafft habe, beunruhigt mich zusätzlich. Völlig schockiert, über das, was gerade passiert ist, schenke ich mir am frühen Morgen ein Glas Rum ein.

Nachdem ich nahezu die halbe Flasche geleert habe, versuche ich beim Sender anzurufen, um dieses Arschloch Toto ans Telefon zu bekommen. Allerdings geht immer nur ein Anrufbeantworter dran, den ich mit diversen Beschimpfungen vermutlich schon komplett vollgequatscht habe. Ein Blick auf die Uhr verrät mir, dass es dreizehn Uhr ist. Völlig betrunken beginne ich, die nötigsten Sachen zusammenzupacken. Ich habe es geschafft, dass die Frau, die ich liebe, mich zu hassen beginnt. Ich greife zum Hörer und wähle die Nummer von Hiroshi. Nachdem ich ihm völlig betrunken erzähle, was passiert ist, teilt er mir mit, mich in einer halben Stunde abzuholen.

Bei ihm zuhause angekommen, bietet er mir die Couch im Keller an, um mich auszunüchtern. Ich lege mich hin und schlafe keine fünf Minuten später ein.

Um ca. 21 Uhr weckt mich Hiroshi. Völlig verkatert nehme ich erst mal eine Dusche und begebe mich ins Obergeschoss. Hiroshi, der gerade das Abendessen zubereitet, sagt, es sei kein Problem, dass ich vorübergehend bei ihm in den Keller ziehe. Die dort illegal abgehaltenen Pokerrunden verlagere er in der Zeit in das Hinterzimmer von Mushis. Nachdem wir gut gegessen haben, normalisiert sich mein

Alkoholpegel langsam. Da es Freitag ist, überredet mich Hiroshi, ihn in einen der angesagtesten Tanzclubs zu begleiten. Als wir mit seinem Audi S8 vorfahren, begrüßt uns der Türsteher mit Handschlag und wir gehen an der Schlange vorbei Richtung Eingang. Plötzlich ruft es von hinten.

„Holm! Holm!"

Ich drehe mich um und erkenne Gaby mit einer hübschen Begleitung in der Schlange. Ein kurzes Nicken von Hiroshi und wir holen die beiden Damen und stürzen uns ins Vergnügen dieser Nacht.

Nach diversen Rum Cola und Bier komme ich so richtig in Fahrt. Die Begleitung von Gaby heißt Irina und ist die Putzfrau der Praxis Vorhaut. Irina spricht nur gebrochen Deutsch. Da ich an diesem Abend für alles zu haben bin, versuche ich, ihr meine Zunge so weit in den Hals zu schieben, dass sie sich beinahe auf der Tanzfläche übergibt. Der Abend endet mit einem vollgekotzten Taxi, das ich nach langer Diskussion mit dem Taxifahrer mit Küchenrolle und Putzmittel früh morgens um 4:30 Uhr wieder in Schuss bringe. Ich schreibe Jenny noch eine WhatsApp und entschuldige mich für alles.

Am nächsten Morgen lese ich noch völlig verkatert die Antwort von Jenny, ich solle doch bitte nicht im betrunkenen Zustand versuchen, Nachrichten zu schreiben. Bei einem Blick aufs Handy verstehe ich auch, was sie meint:

„Liebes Jens,

Ich liebe dich Nf. Und Soge Entscheidung. Bitte gib more Liebesfilm"

Scheiß Autokorrektur, denke ich mir.

Im zweiten Absatz bittet Sie mich den Urlaub zu stornieren. Als Hiroshi das am Frühstückstisch mitbekommt, schlägt er vor doch einfach auf seinen Namen umzubuchen, da seiner blassen Japaner Haut etwas Farbe guttun würde. Obwohl ich eigentlich Horst fragen wollte, buche ich am nächsten Tag voller Wehmut und Traurigkeit auf den Passagier und Hotelgast Hiroshi Ono um.

KAPITEL 6: EIN TERMINAL UND FLUGGÄSTE ZWEITER KLASSE

Der Tag des Abflugs ist gekommen und diesmal ohne meine Jenny. Dafür habe ich einen kleinen, angesäuerten Japaner im Schlepptau, der mit hochrotem Kopf den Flughafen betritt und nebenbei auch noch der Anführer eines Sportwetten- Clans sowie Meister im Umgang mit Nunchakus ist. Letztere hat er trotz meiner Aufforderung, sie doch bitte zuhause zu lassen, in seinem Handgepäck verstaut. Meinen Rat, sie wenigstens in seinen Koffer zu packen, hat er ebenso ignoriert.

„Ich bin der festen Überzeugung, dass sie dir die Nunchakus am Sicherheitscheck abnehmen werden."

„Wenn du bisher nie welche mitgenommen hast, kannst du doch gar nicht wissen, ob sie mir die abnehmen", erwidert Hiroshi.

„Mann, Hiroshi. Nunchakus sind Waffen! Und Waffen sind auf Flügen verboten! Aber mach, was du denkst."

Nach der Diskussion am Eingang mustern wir die Anzeigetafel. Der Flug nach Ägypten weist uns die Schalter Nr. 7, 8 und 9 zu. Wenige Minuten später bewegen wir uns dorthin und ich suche währenddessen den Dialog mit meinem japanischen Freund aufzusuchen.

„Was ist eigentlich los mit dir? Warum bist du so schlecht gelaunt?"

„Es hat nichts mit dir und dem Urlaub zu tun. Ich habe gerade eben eine blöde Nachricht bekommen. Aber ist unwichtig. Ich lasse mir davon den Urlaub mit dir nicht versauen."

Schon von Weitem sehe ich drei riesige Schlangen vor jedem der uns zugewiesenen Schalter. Der Erfahrung nach ist es am Ende völlig belanglos, an welcher Schlange wir uns anstellen. Die Erfahrungswerte zeigen, dass ich immer die mit Abstand langsamste erwische.

Beim Gang zur Gepäckannahme fallen in der Schlange am Schalter 7 gleich zwei Pärchen auf. Beim Pärchen Nummer 1 sind beide ungefähr um die fünfzig Jahre.

Sie, kurzes blondes Haar mit pinken Strähnen, trägt eine Jeansjacke von Heribert Glööckler mit Strasssteinchen. Ein typisches Opfer des HSE24 Shopping-Kanals. Er, korpulent, vermutlich Glatze und daher Träger eines Cowboyhutes, neonfarbener Bermudashorts und eines Camp-David-Shirts trotz winterlicher zehn Grad in Nürnberg.

Bei dem Pärchen ist sofort klar, dass sie den weiten Weg aus dem schönen Ostdeutschland nach Nürnberg gekommen sind, obwohl die Flughäfen Leipzig bzw. Dresden sicher auch Ägypten anfliegen. Das Indiz,

„Ölaaf, hast du schon die Kofferzettel ausjefüllt?", lässt keine Zweifel offen.

Pärchen Nummer 2, beide circa 20 Jahre.

Sie, blond, künstliche Haarverlängerung, tätowierte Augenbrauen und einen Minirock, der bei einer falschen Bewegung Lippe zwei und drei ohne Weiteres aufblitzen lassen könnte.

Er, Möchtegern-50-Cent, Baseball Cap und Goldkette von H&M. Als der kleine Rapper-Honk auch noch versucht, die Musik aus seinen MediaMarkt-Lautsprechern in schlechtem Englisch nachzueifern, gehen bei mir die Fremdschäm-Alarmglocken los und ich bin gespannt, was dieser Flug wohl noch so mit sich bringt.

Hiroshi und ich stellen uns am Schalter 7 an. Wie vermutet, ist dies die langsamste Schlange. Gestern hatte ich noch versucht, uns online einzuchecken. Jenny meinte zwar, das ginge nicht bei dieser Airline, trotzdem konnte ich die Plätze 34D und 28F für uns reservieren. Der Rest der Plätze war seltsamerweise mit einem Sperrsymbol gekennzeichnet. Am Check-in angekommen, fällt der Dame auf, dass mein Reisepass abgelaufen ist. Es sei aber möglich, sich am Schalter 44C einen vorläufigen Pass ausstellen zu lassen. Ich müsste mich allerdings beeilen, da der Check-in Schalter in 30 Minuten schließe.

Voller Verzweiflung und einem Blick nach hinten in die Schlange, sprinte ich los. Hiroshi hingegen checkt ein und wir verabreden uns am Sicherheitscheck. Am Schalter 44C begrüßt mich ein älterer Herr, der vermutlich aus einem der städtischen Ämter hierher strafversetzt wurde, da seine Geschwindigkeit der eines Faultiers gleichkommt.

Nach 30 Minuten voller Mordgedanken sprinte ich zurück zum Schalter, um es in letzter Minute zu schaffen, mein Gepäck aufzugeben. Anschließend marschiere ich in Richtung Sicherheitscheck. Dort angekommen, stelle ich mich mit Hiroshi an. Das Ghetto-Pärchen steht direkt vor uns in der Schlange. Sie bemerken uns und suchen direkt den Dialog mit uns.

„Ey, Aldaa, fliegt ihr auch krass in Krisengebiet Ägypten? War voll billig, Aldaa und auch noch All-in! Vollsaufen, geil, oder?"

Meine Antwort lautet:

„Ja, mein Freund, wir fliegen auch nach Ägypten, schließen uns dem IS an, haben zwei Granaten dabei, die wir in der Unterhose des Japaners versteckt haben und sprengen später die Maschine in die Luft, um möglichst viele Jungfrauen im Paradies abzugreifen. Als Ablenkungsmanöver haben wir zusätzlich Nunchakus im Handgepäck, um von den Granaten abzulenken."

Daraufhin antwortet er wiederum.

„Klar, Aldaa, verarschen kannst du deine Mudda!"

Das belächele ich insgeheim und warte auf die Reaktion, bis Hiroshi den Sicherheitscheck passiert. Als Hiroshi, wie vermutet, die Nunchakus abgenommen werden, rastet er völlig aus und ist kurz davor, seinen berühmt-berüchtigten Nackenschlag beim Sicherheitspersonal anzuwenden. Ich beruhige ihn und verspreche ihm, in Ägypten neue zu besorgen. Als das Ghetto-Pärchen dies beobachtet, schreien sie hysterisch:

„Die haben Bombe, Aldaa!"

und rennen in Richtung Ausgang. Ich vermute, dass sie nicht den gleichen Flieger nehmen werden, sondern auf die nächste Maschine umbuchen, sofern dies überhaupt möglich ist.

Nach einer weiteren Leibesvisite an Hiroshi laufen wir zu unserem Gate, holen uns zwei Bier und warten auf das Boarding. Ich schreibe eine letzte SMS an Jenny, dass mir alles furchtbar leidtut, ich sie sehr vermisse und mit Hiroshi gleich in den Flieger nach Hurghada steige.

KAPITEL 7: HORRORFLUG XG3476 MIT TOMATENSAFT UND ERICH

Als ich drei Kreuze machte, dass Tante Frida uns nicht im Flieger nach Ägypten begleitet, kannte ich leider Erich noch nicht. Erich ist Anfang 40, Single und wiegt stramme 200 kg. Er bekommt direkt neben mir einen Zweisitzer, um zusätzlich auch noch die Hälfte meines Sitzes in Anspruch zu nehmen.

Erich wohnt zuhause bei seiner Mutti und fliegt zum ersten Mal allein in den Urlaub. Nicht, dass mich der derbe Geruch aus Schweiß und Kot an Erich gestört hätte, nein, er plappert mich ununterbrochen zu, wie große Angst er doch vom Fliegen habe.

Auch das wäre noch in Ordnung, aber sobald Erich den Mund aufmacht, übertüncht dies den anderen Geruch mit einem Schwall eines toten Eichhörnchens, das scheinbar in Erichs Mund seit geraumer Zeit die unterschiedlichen Phasen der Verwesung durchläuft.

Ich rufe die Stewardess, um mir Tigerbalsam geben zu lassen, den ich mir schichtweise unter die Nase reibe. Als wir endlich nach gefühlten zwei Stunden zum Start abheben, greift Erich reflexartig meine Hand und beginnt, laut zu schreien. Da sich in dem Moment alle Gäste zu mir drehen, sinke ich bildhaft vor Scham in den Flugzeugboden

Vier Stunden Flug mit Erich nehmen ihren Lauf. Als die Getränkeausgabe beginnt, bittet Erich mich und die Gäste der vorderen und hinteren Sitzreihe, doch einen Whiskey für ihn mit zu bestellen, da jedem Gast nur ein alkoholisches Getränk kostenlos zustehe. Ich bestelle mir einen Tomatensaft und einen Whiskey für Erich. Als er fünf Whiskeys (die anderen 4 völlig überteuert bezahlt) in Rekordzeit vernichtet, verfällt er wenige Minuten später in einen komatösen Zustand und beginnt zu schnarchen, als würde er den gesamten Amazonas abholzen.

Nachdem wir in heftige Turbulenzen über Kroatien kommen, fällt der dicke Blauwal direkt mit seinem Kopf wild sabbernd auf meinem Schoß. Beim Versuch, ihn wegzustoßen, entfleuchen ihm drei Stinker aus seinem Arsch, die einem kleinen Maschinengewehrfeuerlauf ähneln.

Als ich die Stewards rufe, schaffen wir es, ihn mit Hilfe von zwei weiteren Passagieren auf seinen Sitz zu wuchten. Als das erledigt ist, springe ich auf die Toilette und bitte das Crew-Personal flehentlich, mich bitte bis zur Landung auf einen der Sperrsitze zu verfrachten.

Da sie meine prekäre Lage erkennen, wird mir in der Zeit ein freier Platz in der Business Class des Flugzeuges angeboten. Ich genieße ein Glas Champagner, schiebe mir ein paar Erdnüsse zwischen die Kiemen, lasse den Sitz nach hinten und beginne zu träumen.

Im Traum laufe ich für den BVB im Ruhrderby gegen Schalke 04 mit der Rückennummer 9 auf. Als ich die Katakomben verlasse, grölen 80.000 bei der Verlesung der Aufstellung durch den Stadionsprecher

„Mit der Nummer 9, der einzigartige Hooooooooolllllllmmm Hüdddekamp, Hüdddekamp, Hüdddekamp, Hüdddekamp."

Auf der Anzeigetafel erscheinen mein Bild und die aktuelle Torjägerliste, die ich mit 15 Saisontoren vor Lewandowski anführe. Als ich kurz vor Schluss zum 1:0 per Kopf treffe, herrscht Ausnahmezustand in der Kurve. Ich laufe in Richtung Südtribüne und lassen mich von der gelben Zuschauer Tribüne feiern. Schließlich gewinnen wir. Nach diversen Interviews treffe ich Jenny, die mich heiß und innig umarmt.

„Lass uns heiraten, Holm. Ich kann mir keinen besseren Mann für die Zukunft vorstellen."

Als ich mit dem Mannschaftsbus zurückfahre, rammt uns plötzlich ein Panzer von links, was mich schnurstracks zurück in die Realität befördert. Der Panzer ist tatsächlich nur die Stewardess, die mich weckt und bittet, auf meinen Sitzplatz zurückzukehren.

Ich bewege mich noch völlig schlaftrunken zurück zu meinem Platz, der mittlerweile von Erich mit einem Mix aus Whiskey und dem Schnitzel von heute Mittag würdig verschmutzt wurde. Beim Rückweg entdecke ich auch Hiroshi, der sich angeregt mit einer Dunkelhaarigen neben ihm unterhält.

Beim nächsten Mal tausche ich einfach ungefragt mit Hiroshi die Plätze. Schließlich ist dies mein Liebesurlaub ohne Liebe. Die Stewardess wischt freundlicherweise ungefragt die Kotze auf meinem Sitz weg, so dass ich die letzten 45 Minuten noch Platz nehmen kann. Ich quäle mich voller Vorfreude, den Flieger bald verlassen zu können, auf den Sitz.

Exakt 48 Minuten und 37 Sekunden später steige ich aus dem Flieger und die heiße Wüstenluft strömt mir entgegen. Vierzig Grad und trockene Luft ist nun exakt, was ich nach diesem Horrorflug nicht gebrauchen kann.

Das Prozedere, alle Fluggäste in die „Bezahl fünf Euro mehr fürs Visum"-Schlange zu drängen, kenne ich bereits. Die Oberschlauen, die sich an der öffentlichen Schlange anstellen um die fünf Euro zu sparen, die sie bei der ersten Gelegenheit für einen überteuerten Gin Tonic an der Hotelbar wieder verblasen, lasse ich freundlich passieren und reihe mich in der normalen Einreiseschlange ein.

Nachdem ich den Stempel für das Visum erhalten habe, schlendere ich gemütlich zur Gepäckausgabe, um Ausschau nach dem kleinen Japaner zu halten. An der Gepäckausgabe tummeln sich schon wieder einige Ägypter, um für die außerordentliche Dienstleistung, den Koffer vom Band zu wuchten, Trinkgeld zu verlangen. Als ich meinen Koffer entdecke, springe ich wie eine Gazelle zum Band, um meinen Koffer schneller als die dreisten Abzocker vom Band zu heben, was mir auch gelingt. Von Hiroshi fehlt immer noch jede Spur. Als schon nahezu alle Gäste den Flughafen Richtung Bus verlassen haben, taucht Hiroshi plötzlich händchenhaltend mit der schwarzhaarigen Schönheit aus dem Flugzeug auf, die bei „Germany's Next Hungerhaken" locker unter die ersten drei gekommen wäre.

„Wo warst du?!" frage ich ihn.

„Wir waren noch auf der Toilette. Darf ich dir Sabine vorstellen? Sie wollte mir unbedingt ihren japanischen Schriftzug über ihrem Venushügel zeigen. Anschließend haben wir noch…"

„Stopp!!" Ich will es nicht wissen!

„Sabine ist Model und hat ein Fotoshooting in dem Hotel, was wir gebucht haben. Sie mag Sushi und ich habe ihr von meinem Laden Mushis erzählt. So kamen wir ins Gespräch und schließlich auf ihr Tattoo."

„Hol jetzt bitte deinen Koffer, wir müssen los."

Die drei kleinen Ägypter, die sich um Hiroshis Koffer tummeln, hebelt er sekundenweise mit einem Nackenschlag aus und wir bewegen uns in Richtung Ausgang.

Draußen angekommen, fühlt es sich erneut an, als würde man gegen eine Hitzewand laufen. Jetzt würde ich gerne mit dem Ossi-Cowboy Bermudashorts tauschen.

Vor unserem Bus steht eine Reisegruppe, die sich im tiefsten berlinerisch und Zigaretten qualmend unterhalten. Ich bitte eine etwas ältere Frau um eine Zigarette.

„Ick glob, ick spinne, du siehst os wie meen vierter Ehemann. Er hat sich schließlich scheiden lassen, wegen meener Sexsucht."

Ich verspüre einen kleinen Würgereiz und wende mich zu Hiroshi, der scheinbar mit seiner Zunge gerade versucht, Sabines Zäpfchen zu finden.

Völlig entnervt betrete ich den Bus, setze meine Kopfhörer auf und denke an meine Jenny.

Wie soll das nur werden ohne sie hier. Um das Gelaber des Reiseleiters auszublenden, schließe ich meine Augen und schalte meinen iPod ein, um bis zur Ankunft im Hotel den neuen Krimi von Rita Falk zu hören, gesprochen von Eberhofer himself.

KAPITEL 8: RUM-COLA-MIX UND TRAUMDEUTUNGEN BESONDERER ART

Dass es nicht so wie die Jahre zuvor werden würde, war mir bewusst. Aber das, was ich nach der Ankunft erlebe, übersteigt meine Vorstellungskraft.

Das Hotel hat sich zwar äußerlich nicht verändert, allerdings dröhnt in voller Lautstärke in der Eingangshalle aus dem Club Cherry „Rythm is a Dancehall" von Snip. Aber das ist nicht alles.

Plötzlich tanzen 15 sturzbesoffene Russen zum Takt des Liedes aus dem Eingangsbereich. Einem von ihnen wird es scheinbar zu schnell, weshalb er gekonnt die schöne Marmorsäule mit seiner Kotze beglückt. Hiroshi bittet mich, ihm und Sabine die Junior Suite zu überlassen. Sabine habe nur ein Einzelzimmer und er würde ihr gerne noch ein paar schweinische japanische Sprichwörter erläutern. Ich willige schließlich ein und schleppe mich erschöpft zu meinem Zimmer mit wundervollem Straßenblick. Im Zimmer angekommen, muss ich feststellen, dass sich direkt davor eine riesengroße Baustelle befindet, auf der scheinbar auch nachts gearbeitet wird. Da ich bei dem Lärm sowieso nicht schlafen kann, bewege ich mich in Richtung Poolbar.

Mit einem Blick auf die Karte entscheide ich mich für einen Cuba Libre. Das Getränk, das mir schließlich serviert wird, hat zwar mit einem Cuba Libre nicht wirklich was zu tun, trotzdem bestelle ich mir, nachdem ich ihn geext hab, gleich den nächsten.

Mohammed, der Barkeeper (steht auf seinem Namensschild), meint es beim zweiten besonders nett. Der Mix besteht aus einer Halb-halb-Mischung aus Billig-Cola und Billig-Rum.

Gegenüber von mir sitzt ein junger, muskulöser Mann, der mich die ganze Zeit anstarrt. Nicht, dass ich das T-Shirt (ein Leopard mit einem Zungenpiercing), das er trägt, unheimlich hässlich finde, nein, irgendwoher kenne ich diesen Typen.

Cuba Libre Nr. 4 und 5 tragen leider nicht dazu bei, diese Erinnerungslücke zu schließen. Allerdings helfen sie, die Hemmschwelle zu überwinden und ich setze mich schließlich zu ihm. Auf die Frage, ob wir uns irgendwoher kennen, verneint er dies.

Allerdings kenne er den Japaner, mit dem ich vorhin angereist bin.

„Dein Freund ist schuld, dass ich einen Zweitjob annehmen musste. Mein Vater, Dr. Vorhaut, bettelt ständig bei mir nach Geld, seitdem er völlig verschuldet ist. Ich versuche mich jetzt nebenbei als Animateur hier im Hotel, um ihn zumindest einen Teil der Rate mit zu finanzieren."

Ich schreibe Hiroshi, er solle doch bitte gegen nachts die Bar und tagsüber die Dart-Ecke meiden, da der Sohn von Dr. Vorhaut hier im Hotel gerade als Animateur beschäftigt ist.

Nach einigen weiteren Cubas, besser gesagt Rum-Cola-Mische, trinke ich mit Bernd, so heißt der Typ, Bruderschaft und ich verspreche ihm, ihn am nächsten Tag in der Dart-Ecke zu besuchen. Völlig betrunken krabbele ich in mein Zimmer mit Straßenblick und schlafe sofort ein.

Plötzlich klopft es heftig an meiner Tür. Hiroshi springt nur mit einem Bademantel bekleidet herein, schließt die Tür und sagt:

„Es ist etwas Schreckliches passiert! Wir müssen hier weg! Sabine ist tot!"

„Was?!?"

Schreie ich noch völlig vernebelt von den All-in-Getränken.

„Ja!"

„Wir hatten uns gerade ein Bad in der Junior Suite eingelassen und eine Flasche Sekt beim Room-Service bestellt. Als Sabine plötzlich eine 9mm mit Schalldämpfer zog und auf mich richtete.

Ich sprang hinter den massiven Marmortisch und zog ihr die Beine weg. Ich kam an die Waffe und schoss ihr zweimal direkt in den Kopf. Anschließend flüchtete ich über das Balkonfenster durch den Garten in den anderen Komplex.

Holm, ich glaube, die sind hinter uns her!"

„Was?!? Wieso?!?"

„Ich habe dir doch erzählt, ich möchte hier jemanden treffen. Es geht um den größten Sportwetten Clan der Welt. Ali Achmed Al Nussini beschäftigt ungefähr dreimal mehr Leute als ich in Europa, Teilen Afrikas und Japan.
Er kontrolliert den gesamten asiatischen Raum, außer Japan und Teilen Russlands. Der Grund meiner Reise war, mit ihm eine Kooperation einzugehen.

Scheinbar sieht er das etwas anders und schickt uns gleich Profikiller auf den Hals."

„Uns?? Du Arschloch!! Das hättest du mir sagen sollen, dann hätte ich dich niemals mitgenommen.

Und jetzt?"

„Ich habe bereits mit Shinji telefoniert, der für mich den japanischen und Teile des afrikanischen Marktes kontrolliert. Er schickt uns jemanden, der uns in 20 Minuten vor dem Hotel abholt."

„Nein", antworte ich. „Der dich abholt, Hiroshi."

„Holm, das geht leider nicht. Al Nussini hat Informationen von uns beiden. Das heißt, du steckst da jetzt genauso mit drin.

Du hattest mich doch gebeten, das Grundstück in Dresden zu begutachten. Wir haben dort bereits unsere neue Steuerungszentrale errichtet, da es ein Altbestand eines alten Militärgeländes war.

Al Nussini hat das irgendwie mitbekommen und hat uns bereits in Deutschland beschatten lassen.

Der dicke Mann im Flieger war ebenfalls involviert. Er hätte dir Gift in den Whiskey kippen sollen, bekam aber kalte Füße und hat ihn selbst gekippt. Er ist vorhin im Krankenhaus verstorben."

„Aber wieso in Gottes Namen ich?! Und woher weißt du das alles?"

„Das Grundstück in Dresden wurde auf deinen Namen ausgestellt. Die Zentrale hat mich vorhin über Details informiert, bevor ich mit Shinji Kontakt aufgenommen habe, deshalb war ich so schlecht gelaunt."

Am liebsten würde ich in diesem Moment die Zeit zurückdrehen, gemeinsam mit Jenny auf der Couch liegen und mir verkatert eine Folge „Love Island" ansehen.

Ich packe das Nötigste ein und wir verlassen das Hotel heimlich über den Cherry Club, in dem gerade die Russenfraktion Oberkörperfrei zu Faraway „What is Craft" die nächste Flasche Wodka kippt.

KAPITEL 9: DIE WÜSTE UND DIE UNGEWISSHEIT

Als wir durch den Hintereingang das Hotel verlassen, sammelt uns ein schwarzer Jeep ein. Der Fahrer stellt sich uns als Harim Harissa vor und zieht mir in der nächsten Sekunde eine Aldi-Tüte mit Luftlöchern über den Kopf. Hiroshi meint, es sei alles zu meiner eigenen Sicherheit. Mit quietschenden Reifen brettern wir mit dem Geländewagen los. Die Fahrt verläuft sehr holprig und ich stoße zweimal mit dem Schädel gegen den Überrollbügel des Jeeps. Zudem weht mir ständig Sand gegen die Tüte, was mich vermuten lässt, dass wir uns mitten in der Wüste befinden. Nach einer gefühlten Ewigkeit sind wir an unserem Ziel angelangt und Harim entfernt mir die Aldi-Tüte von meinem Kopf.

Voller Überraschung stehen wir von einem riesengroßen Komplex, ähnlich wie der in James Bonds Golden Eye. Ein weißbärtiger Mann begrüßt Hiroshi herzlich. Beide wechseln einige Sätze auf Arabisch, wobei es mich erneut überrascht, dass der kleine Japaner auch noch dieser Sprache mächtig ist. Als sich Hiroshi schließlich zu mir wendet, spricht er folgenden Satz:

„Das ist Holm, Großer Kalif. Investor unserer neuen Hauptzentrale in Europa.
Holm, das ist Kalif Kondomos, Verwalter unseres größten Wettbüros und Leiter der Zentrale Afrika."

„Seid gegrüßt, Herr Holm und herzlich willkommen in Ägypten, ich bitte euch, mir zu folgen."

Als wir den Aufzug betreten, bringt uns der sekundenschnell in einen Bunker. Ich bin zusehends gespannt, was mich als Nächstes erwartet.

Unten angekommen, öffnen sich die Türen, und wir betreten eine Halle dreimal so groß wie das CineCitta in Nürnberg. Nahezu auf jedem Meter hängt ein Flatscreen mit aktuellen Quoten der verschiedensten Sportereignisse.

Aber anders als in Deutschland zeigen sie nicht Fußball oder Pferderennen, sondern Cricket, Rugby bis hin zu Kobrakämpfen. Herr Kondomos führt uns durch eine Sicherheitsschleuse, in der verschiedenste Satellitenaufnahmen gezeigt werden.

„Al Nussini befindet sich gerade im Marriott in Riad", sagt Kondomos zu Hiroshi.

„Wir haben vor dem Hotel bereits Männer postiert. Ich vermute, es gibt einen Spitzel in deinen eigenen Reihen in Europa. Er wusste, dass du nach Ägypten kommst, Hiroshi. Das kann kein Zufall sein. Wir sind spionagetechnisch viel besser aufgestellt als der Al-Nussini-Clan und ich glaube auch schon zu wissen, wer dich verraten haben könnte."

„Makoto? Niemals?"

Hiroshi war den Tränen nah.

„Wir haben seine Kontoauszüge der letzten Monate gecheckt. Laut denen bekommt er regelmäßig einen hohen Festbetrag von einem Konto aus Thailand mit dem Titel „Tantieme Ping Pong Show".

Dein Bruder war aber nie in Thailand, was das Ganze sehr verdächtigt macht.

Als wir versucht haben, das nachzuverfolgen, sind wir auf einen Namen gestoßen, der mit Al Nussini in Verbindung gebracht werden kann:

Ski Brian, der Geschäftsführer des Nussini-Clans in den USA. Der Drahtzieher der großen Football-, Eishockey- und Baseballwetten in den Vereinigten Staaten.

Ich vermute, sie wollten ihm durch deine Eliminierung den europäischen Markt, und dadurch die Kontrolle über uns in Afrika geben.

Das hätte bedeutet, die Nussinis hätten sich gemeinsam mit Ski Brian in Amerika ein Monopol geschaffen. Genialer Schachzug, wenn du mich fragst. Den wir zum Glück vereiteln konnten.

Was schlägst du vor, Hiroshi?"
„Ich schlage vor, du stattest Brian einen Besuch in den USA ab, um detaillierte Informationen bezüglich des Verräters zu erhalten.

Ich und Holm fahren mit Teilen unserer Crew nach Riad."

Plötzlich gehen die Alarmsirenen in einer höllischen Lautstärke los, und circa 100 schwerbewaffnete Männer stürmen den Bunker. Sie eröffnen das Feuer aus Kalaschnikows auf alle Angestellten. Hiroshi und Kalif Kondomos stürmen nach draußen und zerren mich mit. Als wir unter Beschuss geraten, werden Hiroshi und der Kalif schwer getroffen. Sie schreien wie wild und stürzen blutüberströmt zu Boden. Als mich eine Kugel in den Kopf trifft, sinke ich nieder und befinde mich kurz darauf plötzlich auf dem Boden meines Hotelzimmers.

„Ich lebe!! Alles war so real und doch nur ein Traum?"

Jetzt bemerke ich vor meinem Fenster die ganzen Bauarbeiter, die mit mehreren Vorschlaghämmern den Boden aufreißen. Vermutlich die Maschinengewehre aus meinem Traum. Ich blicke nach oben an die Decke. Dort ist ein großes Loch zu sehen, aus dem feiner Naturstein auf mein Bett rieselt. Daher der Sand im Gesicht während der holprigen Fahrt in der Wüste. Und die Alarmsirenen kommen dröhnend aus dem Reisewecker, den mir Jenny zum letzten Geburtstag geschenkt hat. Die Schreie gehören auch keineswegs Hiroshi, sondern einer russischen Dame, die sich gerade im Zimmer über mir scheinbar so das Hirn rausvögeln lässt und dabei so laut stöhnt, als gäbe es keinen Morgen mehr.

Ich blicke auf den Wecker. 11 Uhr. Meine Kopfschmerzen sind so heftig, dass ich mir wünsche, sie wären im Traum geblieben. Ich mache drei Kreuze, das alles geträumt zu haben und schleppe mich ins Bad, um dort die Schüssel mit den Resten von gestern einzuweihen.

KAPITEL 10: EIN KAMEL ENTSPRICHT 1.000 EURO

Als ich wieder geradeaus schauen kann, ist es bereits 14 Uhr. In der Zwischenzeit habe ich mich wieder in das sandige Bett verkrochen und bin nochmal eingeschlummert.

Zum Glück diesmal ohne wilden Traum.

Alles war so real, so echt. War das reiner Zufall oder doch irgendwie real?

Ich könnte zumindest mal bei Hiroshi vorbeischauen und heimlich gucken, ob Sabine nicht doch eine Pistole bei sich trägt.

Sobald ich wieder fähig bin, zu denken, überlege ich mir einen Plan. Als es an der Tür klopft, steht draußen der freundliche Mohammed (auch das steht auf seinem Namensschild), der nun endlich das Zimmer reinigen möchte.

Er ähnelt witzigerweise exakt unserem Fahrer im Traum, welcher uns zur Basis in die Wüste fuhr. Langsam fange ich an zu glauben, dass der Traum doch was zu bedeuten hat. Jedenfalls schon ein komischer Zufall, dass ausgerechnet der Putzmann, den ich vorher noch nie gesehen habe, plötzlich in meinem Traum auftaucht. Ich bitte ihn, noch zehn Minuten zu warten, und packe meine Sachen für den Pool.

Da mir dieser Traum keine Ruhe lässt, platziere ich in meiner misstrauischen Art meine kleine Kamera direkt oberhalb des Fensters, um Mohammed bei seinen angeblichen Putzaktivitäten zu beobachten.

Ich fühle mich ein wenig paranoid, auf der anderen Seite doch klar im Kopf.

Als ich das Zimmer verlasse, wartet er bereits vor der Tür, bewaffnet mit einem Wischmopp und Klopapier.

Das Klopapier hier in Ägypten ist eine Zumutung für die Pflege der Rosette. Bereits beim zweiten flotten Otto letztes Jahr hatte ich mir mit diesem Schleifpapier mein Arschloch so wund gerieben, dass ich zwei Tage lang nur kurze Hosen ohne Unterhose tragen konnte. Seitdem versuche ich das große Geschäft hier möglichst lange zu vermeiden.

Ich schlendere durch das Gebäude und suche zunächst die Rezeption auf, um die Zimmernummer von Hiroshi und Sabine herauszufinden. Als ich in der Halle ankomme, versammeln sich bereits mehrere Reisegruppen, die vermutlich gerade von einem Halbtagesausflug zurückgekommen sind.

Ich merke nur die Unruhe und dass sich mehrere Leute über die nervige und aufdringliche Art der Verkäufer beschweren. Ich als alter Ägyptenexperte kenne das Thema natürlich, da mir vorletztes Jahr bei einem Ausflug dasselbe passiert ist. Seitdem ich mit Jenny diesen Ausflug gemacht hatte, habe ich mir geschworen, nie wieder ein Hotel in Ägypten zu verlassen. Wir waren damals auch so naiv und dachten, wir gehen mal ein bisschen stressfrei in Hurghada shoppen. Pustekuchen! Wir waren damals circa 20 Leute und wurden mit einem Bus zu einem Basar gebracht.

Nicht, dass mich die Kolonne mit schwerbewaffneten Militärsoldaten gestört hätte, die uns bewachten, als wären wir Angela Merkel höchstpersönlich. Nein, auch nicht die rasante Fahrweise des Busfahrers, der vermutlich jede Woche auf seinem kleinen Fernseher mit selbst montierter Antenne versucht, die Formel 1 zu empfangen, um ihr bei der ersten Gelegenheit gleich mit einer kompletten Reisegruppe im Gepäck auf der Straße nachzueifern.

Es waren die wuseligen, kleinwüchsigen Wasserverkäufer, die mit aller Macht versuchten, uns brühwarmes Wasser in Plastikflaschen zu verkaufen.

Nachdem ich zu Beginn stets freundlich dankend abgelehnt hatte, dauerte es keine fünf Minuten, bis ich den ersten Stock in meinen Kniekehlen hatte.

Jenny wurde zeitgleich von allen Seiten belagert. Sabbernd standen sie um sie herum, als wäre sie Silvia Saint in ihren besten Zeiten und sie dürften sie auf Kommando gleichzeitig bespringen wie geile Gamsböcke in der Paarungszeit.

Als mir dann auch noch von mehreren Männern Kamele für Jenny angeboten worden, zückte ich mein Handy, um über den offiziellen Kamelrechner www.kamelrechner.de den Wert meiner Freundin zu verifizieren, was ein Ergebnis von 69 Kamelen ausgab.

Einer von ihnen bot mir immerhin 80 Kamele an. Stellt man einem Kamel monetär ca. 1.000 Euro entgegen, ist das immerhin ein Tesla der aktuellen Reihe. Dem dicken Erwin, ein Mitglied der damaligen Reisegruppe, wurden für seine dicke, schwarzhaarige Gerlinde gerade mal zwei Kamele geboten. Ich hätte die zwei Kamele an seiner Stelle genommen.

Als ich Jenny ihren Marktwert mitteilte, herrschte in den darauffolgenden Tagen Funkstille zwischen uns.

In Erinnerungen schwelgend kämpfe ich mich schließlich zur Rezeption durch. Vor mir steht ein Ehepaar, das sich gerade darüber beschwert, weshalb denn so wenig Klopapier im Zimmer zur Verfügung stehe.

Sie müssten am Tage häufig „Poo" machen, da ihnen das Essen hier so gut schmecke.

Mit einem leichten Schmunzeln denke ich mir nur: Wartet mal noch zwei Tage, dann freut ihr euch, wenn ihr nicht kacken müsst, weil euch das Arschloch vom Schmirgelpapier so brennt, als hättet ihr zwei Habeneros mit einem Schärfegrad von jeweils 8.000 Scoville verdrückt.

Als ich endlich an der Reihe bin, sehe ich Hiroshi in Richtung Pool schlendern, was das fünfzehnminütige Anstehen völlig nutzlos macht. Ich sprinte ihm hinterher. Dass der Boden in der

Empfangshalle scheinbar frisch gewischt wurde, ist mir völlig entgangen, und so fliege ich mit voller Wucht auf mein Gesicht. Ich schlage mir meinen Eckzahn aus, für den mir Zahnärztin Fee (auch sie habe ich gegoogelt) schon zweimal ein neues Inlay machen musste.

Nachdem einige Bedienstete mir helfen, minutenlang den Zahn zu suchen und mir die ganze Touristentruppe zusieht, beschließe ich beschämend, erst mal Bernd in seiner Dart-Ecke zu besuchen.

Dort angekommen, sehe ich Bernd gelangweilt in der Ecke sitzen. Der einzige Gast, der gerade anwesend ist, ist ein sturzbesoffener Russe.

Dieser versucht krampfhaft, die Dart-Pfeile gegen Holzpfeiler an der Decke zu schleudern, was ihm scheinbar in seinem Zustand unheimlich viel Freude bereitet. Als Bernd mich entdeckt, ist die Freude darüber in seiner Mimik zu erkennen.

„Vorhin war schon dein japanischer Kollege hier, um sich indirekt bei mir zu entschuldigen.

Er kann ja im Grunde genommen nichts für die Spielsucht meines Vaters und unser Familienverhältnis.

Er wollte in Richtung Pool."

Ich verspreche Bernd, heute Nachmittag beim Motto-Dart-Turnier teilzunehmen, und verlasse das Dart-Zimmer Richtung Pool.

Nachdem ich die Poollandschaft mehrere Male abgelaufen bin, entdecke ich Hiroshi, der sich auf der Rutsche im Kinderparadies vergnügt. Dabei schubst er die ganze Zeit die anwesenden Kinder weg, deren darauffolgendes Geschrei die idyllische, entspannte Atmosphäre etwas trübt.

„Wo hast du deine neue Flamme gelassen?"

„Sie musste weg zum ersten Shooting."

Bei dem Wort Shooting schießt mir sofort mein Albtraum wieder in den Kopf.

„Was weißt du denn bisher über sie?"

„Nicht viel, nur dass sie scheinbar zu den Frauen gehört, die ganz wild auf Japaner sind. Sie kommt erst gegen Abend zurück."

„Die Gelegenheit muss ich ergreifen", denke ich.

Unter dem Vorwand, mein Zimmer werde gerade gereinigt und ich müsse mir eine Badehose von ihm borgen, händigt er mir seinen Zimmerschlüssel aus.

So, jetzt schauen wir mal, was Sabine tatsächlich nach Ägypten verschlägt. Ich suche schnurstracks das Zimmer der beiden auf.

KAPITEL 11: HARALD, SUSI UND DER FISCH AN DER ANGEL

Als ich mich auf dem Weg zu der Junior Suite der beiden mache, begegne ich zahlreichen Gärtnern, die gerade damit beschäftigt sind, den großartig angelegten Palmengarten des Hotels zu pflegen.

Ich frage mich die ganze Zeit, wieviel Hotel Angestellte sich hier wohl tagtäglich um das Wohl der Hotelgäste kümmern. Statt Schafe könnte man nachts zum Einschlafen auch die Angestellten zählen.

Am Zimmer angekommen, öffne ich die Tür. Dort frage ich mich, weshalb ich Idiot denn bitte den beiden meine Suite, die für mich und Jenny geplant war, überlassen hatte.

Nicht nur, dass das Zimmer ca. 100 m² groß ist, nein es hat auch noch einen kleinen Infinity Pool direkt am Balkon, der direkt auf das offene Meer hinausragt.

Im Badezimmer ist neben einer Regendusche ein kleiner Whirlpool, an dessen Rand noch zwei gebrauchte Kondome der Marke Futo Fuck neben einer angebrochenen Flasche Schampus und Sabines Höschen ihren Platz einnehmen.

Mohammed war scheinbar noch nicht da, um das Zimmer wieder auf Vordermann zu bringen. Die Ungewissheit über Sabines Identität verdrängt meine Gewissensbisse und ich durchsuche ihren pinken Koffer. Neben einem Stapel Tangas, zwei Ausgaben der Zeitschrift Gala und einem Foto von ihr entdecke ich schließlich auch ihren Reisepass. Bingo! Ich öffne ihn und bin enttäuscht, dass ihr richtiger Name tatsächlich Sabine Sippelkopf ist.

Sabine ist, wie Jenny, gebürtig in München. Für mich als alter Dortmund-Fan wirft das zusätzlich ein schlechtes Bild auf sie. Ich krame weiter mit der Gewissheit, irgendein Indiz zu finden, das Sabine als Serienkillerin entlarven könnte. Das Foto stecke ich ein und entdecke plötzlich ihr Handy. Ungewöhnlich, dass ein weibliches Model ohne ihr Handy überhaupt das Hotel verlässt.

Das Handy ist eingeschaltet, aber selbstverständlich mit einer PIN versehen. Ich überlege, was ein sexsüchtiges Model wohl als PIN haben könnte, und tippe 6666 ein. Und tatsächlich entsperrt sich das Handy. Tschakka!

Sogleich checke ich ihre WhatsApp. Die letzte Nachricht hatte sie gestern in eine WhatsApp-Gruppe namens Ono-Clan geschrieben mit dem Inhalt „Der Fisch ist an der Angel". Ich wusste, hier ist irgendetwas faul.

Völlig schockiert verlasse ich die Junior Suite, fest entschlossen, der Sache auf den Grund zu gehen.

Ich marschiere zu meinem Zimmer, um die Kamera, die ich dort platziert habe, nun im Zimmer von Hiroshi zu positionieren. Vielleicht finde ich noch weitere brisante Details zu Sabines Umfeld heraus.

Nur, wo verstecke ich sie am besten? Im Badezimmer? Schließlich komme ich zu dem Entschluss, dass eine Kamera in diesem Fall wohl nicht das richtige Medium ist. Ich bräuchte eine Wanze oder einfach nur einen Detektiv.

Na klar! Ich könnte Bernd fragen und ihn gegen Bezahlung als Detektiv zu engagieren. Eine finanzielle Spritze täte im bzw. seinem Vater sicher gut.

Vorher hole ich mir noch die Beweisfotos der Kamera aus meinem Zimmer, um auch Mohammed zu entlarven, der sicher mit Sabine unter einer Decke steckt.

Die Kamera ist leider nicht mehr oberhalb der Fensterbank, sondern brav aufgeräumt auf der Kommode neben meiner Badehose, die ich selbstverständlich nicht vergessen habe.

Ein wirklicher Sherlock Holmes steckt wohl doch nicht in mir. Ich öffne die Kamera und möchte die Aufnahmen gleich abspielen. Allerdings lässt sich die Kamera nicht einschalten. Der Akku zeigt ein Füllstand von 0 %

„Na super", denke ich. Nach dem letzten Mal, als ich Jenny mit Kochlöffel und Kochmütze gefilmt habe (und ich meine nicht beim Kochen), hatte ich wohl vergessen, ihn wieder aufzuladen.

Ich stecke das Ladekabel der Kamera an das ägyptische Stromnetz, was kurz darauf einen lauten Knall und ein völlig durchgebranntes Ladekabel zur Folge hat. Das war es wohl mit den Beweismaterialien. Jetzt erfahre ich wohl niemals, was hier die letzten zwei Stunden passiert ist. Völlig frustriert mache ich mich auf den Weg zu Bernd, um ihm mein Angebot als Kurzzeit Detektiv zu unterbreiten.

Mittlerweile ist es 16 Uhr und der Alkohol fließt an den insgesamt vier Bars des Hotels bereits in Strömen. Da ich bereits gestern Bekanntschaft mit dem Dämon Billigfusel machen musste, bestelle ich mir erst mal ein kühles Erdinger Weißbier (fränkisch Weizen).

Da das nicht im All-in-Package enthalten ist, fragt mich der Barkeeper zugleich nach meiner Zimmernummer. Dreist gebe ich die Nummer der Junior Suite an, was ihn scheinbar wenig stört.

Ich entdecke bei meinem Rundgang vier betrunkene Briten, welche die Macht der UV-Strahlen völlig unterschätzt haben. Alle ähneln einem Vierergespann von fetten Rotochsen auf der Suche nach der notgeilen Kuh.

Plötzlich entdecke ich auf der gegenüberliegenden Seite der Bar meinen zukünftigen Detektiv Bernd.

Bernd, den Karl Lagerheld vermutlich aufgrund seines Äußeren als ein Schandbild der Gesellschaft bezeichnen würde, schmeißt sich gerade völlig selbstbewusst an ein hübsches Model heran, welches gut und gerne auch für Dior auf der Fashion Week laufen könnte.

Nachdem ihm die junge, hübsche Frau den gesamten Whiskey Sour über dem Kopf verteilt hat, wird mir bewusst, dass sein Anmachspruch ihn scheinbar nicht an das erhoffte Ziel brachte. Ich winke ihm zu und völlig frustriert wackelt er mir entgegen.

„So ein Miststück! Scheinbar sind diese Models doch nicht alle so rallig, wie es mir mein Fotografenfreund Frederick erzählt hat."

Ich raube ihm die Illusion und erwähne, dass er sich beim nächsten Mal doch als Modelscout ausgeben sollte.

Die Jungs, die das gnadenlos durchziehen und sich dabei zusätzlich filmen lassen, gucke ich immer sehr gerne auf YouPorn.

Komischerweise schaffen es diese Typen immer, die Mädels nach zehn Minuten flachzulegen. Ob real oder nicht, völlig egal, das Genre gefällt mir und meinem kleinen Holm auch.

Ich erzähle Bernd von meinem Plan, Sabine auszuspionieren. Seine vorläufige Skepsis unterbinde ich gekonnt mit einer Lüge, dass mir eine Bekannte beim BKA bereits vertrauliche Informationen zukommen hat lassen, die beweisen, dass sie bereits unter Beobachtung steht. Dies macht Bernd gespannt und er wird neugierig.

Nachdem ich ihm das entwendete Foto von ihr zeige, willigt er ein und macht sich sofort auf die Socken.

Ich bleibe an der Bar sitzen und versinke in Gedanken an Jenny. Jackie Cola (vom guten) Nr. 4 auf die Junior Suite löst bei mir langsam die Hemmungen. Ich werde diesen Urlaub auch ohne sie genießen müssen.

Schließlich fasse ich den Entschluss, mich zu amüsieren und laufe schnurstracks auf eine braunhaarige Schönheit zu. Der Name der Dame ist Susanne, sie ist 33 Jahre, aus Rosenheim und von Beruf Call-Center-Mitarbeiterin. Sie erzählt mir, sie arbeite überwiegend nachts, was mich zu der Erkenntnis bringt, dass es sich vermutlich um eine nicht ganz jugendfreie Hotline handelt.

Wir unterhalten uns über aktuelle Medienberichte, plaudern von historischen Ereignissen und unserer Jugend. Susi erzählt mir sogar, sie habe als kleines Kind Segelohren gehabt. Einer der Gründe, weshalb sie in der Schule ständig gehänselt worden sei.

Dann vertiefen wir unseren Dialog und sie berichtet, dass ihr ein Chirurg früher ein Angebot gemacht habe, ihre Brüste gemeinsam mit den Ohren operieren zu lassen. Nach dem dritten Glas Rotwein packt sie ihr wohlgeformtes C-Körbchen aus, um es mich anfassen zu lassen. Ich fühle zwei feste Apfelsinen, so fest wie die im REWE in der Winterzeit im Kühlregal. Irgendwie kommen wir schließlich zu Tattoos, als ich ihr von der Geschichte von Hiroshi und seiner neuen Begleitung aus dem Flugzeug berichte.

Vor einigen Jahren hatte ich mir nach einem nächtlichen Besuch auf der Reeperbahn eine Biene auf die linke Arschbacke tätowieren lassen. Das wir uns in der Hotelbar befinden, hält Susi nicht davon ab, mir mitten in darin die Hose herunterzuziehen, um sich davon zu überzeugen.

Durch das Heraufziehen meiner Hose und dem resultierenden verschwinden der kleinen Biene, steckt mir Susi plötzlich hemmungslos ihre bayerische Zunge so fest in den Rachen, dass ich kaum Luft bekomme.
Ähnlich wie bei meinen ersten allergischen Schock, als deutlich wurde, dass mich besser keines dieser schwarzgelben Geschöpfe stechen sollte. Ich stehe also mitten an der Bar Nr. 4 im All-inclusive-Bunker meiner Wahl und züngel ein bayrische Call Center Mitarbeiterin. Wie geht dieser Urlaub nur weiter?

Als mir Susi beichtet, sie habe auch ein nicht ganz jugendfreies Tattoo, verziehen wir uns schließlich betrunken auf ihr Zimmer.

Die Fantasien von Susi kennen an diesem Spätnachmittag keine Grenzen. Vermutlich zieht sie sie Ihre Erfahrungen aus dem Call Center, oder nennen wir es schlichtweg Bumshotline.

Ich penetriere ihren Arsch mit einem Noppenkondom während mich die ganze Zeit zwei tätowierte Augen dabei anstarren. Trotz meines erhöhten Alkoholpegels ist das schlichtweg zu viel für mich und meinem kleinen, erschlafften Freund. Mitsamt dem Kondom über dem kleinen Holm verlasse ich fluchtartig, dass Zimmer von Susi. Sie schreit mir noch hinterher, was denn los sei.

„Die Augen!!", schreie ich.

„Die erinnern mich an die eines Koboldmakis. Sorry, du musst dir jemand anderen für deinen Orgasmus suchen."

„Arschloch!" Ertönt es aus dem Zimmer.

Nachdem ich Richtung Pool laufe, kotze ich erst mal gekonnt eine Liege voll und entdecke in der Dämmerung am beleuchtenden Pool Sabine mit einem Mann.

Wo zum Teufel ist Bernd? Er sollte sie doch beschatten?

Ich schleiche mich über die Gartenanlage zu den Liegen, um dem Gespräch zu lauschen. Plötzlich entdecke ich Bernd hinter einer Palme. Ich schleiche mich zu ihm.

„Wie lange beobachtest du die zwei schon?"

„Ca. 20 Minuten. Sie kamen beide mit einer schicken Limousine vorgefahren. Dank des Fotos von dir habe ich sie gleich erkannt. Sie gingen direkt zum Pool. Der Typ ist vermutlich ein reicher Araber. Die fahren hier häufiger mit ihren schwarzen Mercedes vor."

„Aber was hat Sabine mit den Leuten zu tun? Ich hoffe, Hiroshi ist nicht wie in meinem Traum in Gefahr!"

„Das bekommen wir heraus, antwortet Bernd."

Lass uns erst mal zum Abendbuffet gehen, heute gibt es angeblich Schlange. Bevor ich das Abendbuffet genießen kann, drehe ich noch ein paar Runden im Pool. Wir sehen uns später im Eingangsbereich.

KAPITEL 12: WALTER WURZEL UND DAS JAPANISCHE ÜBERFALLKOMMANDO

Tatsächlich tummeln sich in der Delikatessenecke unzählige Hotelgäste. Ein Koch, der die Schlangen zubereitet, steht vor dem Grill und tötet die armen Viecher mit einem gezielten Schlag auf den Hinterkopf. Anschließend drückt er das Blut aus der Schlange und lässt die Leute davon trinken.

Wenn ich vorhin nicht schon gekotzt hätte, würde ich es hier im Speisesaal tun. Ich verlasse den großen Saal und begebe mich nach außen an das Freiluftbuffet. Hier gibt es frisch gegrilltes Fleisch, was meinen Magen in eine bessere Stimmung versetzt. Am Grill steht Hiroshi, den ich seit heute Vormittag nicht mehr gesehen habe.

„Holm, komm rüber, das Fleisch ist der Hammer. Hast du meinen Schlüssel?"

„Ja, den habe ich einstecken. Wo ist Sabine?"

„Sie hat angeblich eine Überraschung für mich. Wir treffen uns gegen 22 Uhr im Wellnessbereich. Stell dir vor, heute hat irgendein Arschloch die ganze Zeit Getränke auf mein Zimmer bestellt. Ich musste vorhin 100 Euro nachzahlen."

Ich werde ein wenig rot und überlege innerlich, wie ich das wiedergutmachen kann.

„Das mit dem Wellnessbereich macht mir ein wenig Sorgen, Hiroshi."

„Wieso? Was sollte damit sein?"

„Nicht der Wellnessbereich! Ich glaube, mit Sabine stimmt etwas nicht."

„Was sollte denn mit ihr sein?"

„Ich habe den Eindruck, hier ist etwas faul."

„Wie kommst du denn bitte darauf? Wenn es dich beruhigt, kannst du mich gerne begleiten."

„Ich bleibe im Hintergrund. Ich möchte eure Zweisamkeit nicht stören."

„Apropos, ich habe vorhin mit meinem Auftraggeber bezüglich deines Grundstücks telefoniert. Er meinte, es gebe gar kein Grundstück in Dresden, das zur Erbschaft freigegeben wurde. Irgendetwas ist an dieser Information nicht korrekt."

Ich beschließe, bei Jenny morgen per WhatsApp nachzuhaken.

„Kennst du eigentlich einen Harald, Hiroshi?"

„Ja, diesen lustigen Schmidt? War der nicht auch im Dschungelcamp?"

„Nein, nicht dieser Harald. Noch einen anderen?"

„Sabine hat mir von ihrem Onkel Harald erzählt. Der ist scheinbar einer der erfolgreichsten Skihüttenbetreiber Österreichs."

Daher weht also der Wind. Vermutlich will Sabine Hiroshi nach Österreich locken, um ihn auf den Skihütten als hilflosen Japaner gegen trinkerprobte Gäste antreten zu lassen. Dass Japaner kein Bier vertragen, müsste den meisten Menschen bekannt sein.

Meine Gedanken werden immer skurriler. Vielleicht sollte ich mich heute im Wellnessbereich verwöhnen lassen und erzähle Hiroshi, ich verbringe den Abend auf meinem Zimmer.

„Hiroshi, ich fühl mich nicht gut. Ich gehe nach oben."

„Ok, wir sehen uns morgen. Schlaf gut, Holm."

Auf dem Weg zum Zimmer treffe ich Bernd. Der befummelt eine vollbusige Dame und der Wodka, den er sich und ihr einflößt, scheint nicht der erste zu sein.

„Wir treffen uns ca. 22 Uhr im Wellnessbereich vor der osmanischen Sauna, ok?"

„Ja, ich hoffe, ich schaffe noch ein schnelles Nümmerchen. 20:30 Uhr."

„Du hast noch 90 Minuten."

„Das schaffe ich! Sag mal, wie hieß die Dame, die du heute Nachmittag ins Zimmer begleitet hast?"

„Susi, wieso?"

„Die sitzt seit ca. einer Stunde völlig frustriert dort hinten an einem der Ecktische. Vielleicht versuche ich mein Glück noch bei ihr."

„Falls du Glück hast, nimm sie nicht von hinten, außer du stehst auf Koboldmakis."

„Wie bitte?"

„Viel Glück, Bernd, und bis später."

Im Zimmer angekommen, teste ich den an der Rezeption erhaltenen WLAN Key. 123456. Wieso sind Hotels immer so kreativ, was die Vergabe von Codes angeht?

Meiner Uroma hatten wir letztes Jahr ein Nottelefon eingerichtet. Das hatte so große Tasten, dass selbst ein Dirk Nowitzki keine Probleme gehabt hätte, es mit seinen riesengroßen Fingern zu bedienen. Außer einer fortgeschrittenen Demenz, einem Hörgerät und einem ausgeprägten Aggressionspotenzial war meine Uroma noch ganz fit.

Das Telefon sollte im Notfall benutzt werden, sofern die Caritas einmal nicht im Haus war. Allerdings benutzt sie es trotz mehrfacher Hinweise nur im Notfall zu bedienen, recht häufig, um mir einfach ihren Alltag und ihre aktuelle Gefühlslage mitzuteilen.

Meine Uroma nennt mich liebevoll Wissi.

Wieso, fragen Sie sich jetzt?

Den Namen bekam ich von ihr, da ich sie im frühen Kindesalter scheinbar regelmäßig nach meiner Fütterungsphase anpinkelte.

Im Grunde genommen war sie selbst schuld, da sie ein absoluter Verfechter davon war, Babys nackt und ohne Windel herumlaufen zu lassen. Als ich mich gerade mit dem Internet verbinden will, schellt mein Handy und ihre Nummer erscheint auf meinem Display. Ich betätige widerwillig die Annahmetaste.

Ohne Vorwarnung poltert meine Urgroßmutter los:

„Der Nachbar, die alte Drecksau, hat mir schon wieder in den Regenschirm geschissen!

Und die Nachbarin unter mir bekommt ständig Besuch von jungen Männern. Die Schlampe ist eine professionelle Hure."

„Oma, deine Nachbarin ist doch letzten Monat gestorben. Und der Nachbar ist doch gerade im Urlaub, hast du mir letzte Woche erzählt. Wie kann er dir dann in den Regenschirm scheißen? Ich bin auch gerade im Urlaub."

„Was hast du gebaut?"

„Oma, hast du mal wieder dein Hörgerät leise und bist taub?"

„Nein, ich habe gar nichts gestohlen – das war sicher der Nachbar, die Drecksau!"

„Oma, ich leg jetzt auf. Leg dich bitte schlafen."

„Ok, Wissi, ich geh ihn jetzt bestrafen!"

Nachdem ich das Gespräch mit meiner Oma vorzeitig beendet habe, schreibe ich meiner Mutter. Sobald ich zurück bin, kümmere ich mich um einen Platz im Seniorenheim. Die Lösung mit der Caritas sei aus meiner Sicht nicht mehr tragbar.

Nach der SMS und den erfolgreich eingegeben WLAN-Code, google ich nach „Harald Österreich Skihütte".

Google spuckt mir 5000 Treffer mit Skihütten aus, allerdings kaum in Verbindung mit dem Namen Harald.

Welcher Name allerdings erstaunlich oft erscheint, ist Walter Wurzel.

Er ist einer der bekanntesten Männer Österreichs. Neben einer angeblichen schwulen Affäre mit einem Schauspieler in den 70ern und zahlreichen Liebschaften mit Hollywoodschönheiten in den 80ern zählt er heute zu den einflussreichsten Männern in ganz Europa. Neben seinen zwanzig Skihütten unter anderem in Kitzbühel sitzt er in diversen Aufsichtsräten großer Wirtschaftskonzerne. Zudem ist ein großer Befürworter der olympischen Winterspiele 2022 in Ägypten.

Aber keine Verbindung zum Namen Harald. Das Ganze kommt mir doch recht dubios vor.

Die Fotos zeigen den Kollegen meist mit einer Rotzbremse und einer blonden Frisur, die Udo Waltz in seinem besten Tagen nicht besser hinbekommen hätte.

Ich schicke Jenny eine WhatsApp und schreibe ihr, dass mir Hiroshi mitgeteilt hat, dass es angeblich kein Grundstück in Dresden gibt. Nachdem ich nun schon mal online bin, versuche ich zugleich, eine der mir bekannten Pornoseiten zu öffnen, um mir die Zeit bis 22 Uhr zu vertreiben.

Als ich eine Seite zu öffnen versuche, erscheint ein Totenkopf mit dem Hinweis:

„Auf Selbstbefriedigung steht in arabischen Ländern die Todesstrafe. Klicken Sie bitte auf den Button „weiter" und Sie werden strafrechtlich verfolgt."

Das Risiko ist es mir dann doch nicht wert und ich klicke auf „Abbrechen".

Die restlichen 30 Minuten lausche ich den Gesprächen meiner Nachbarn, die gerade mal wieder lautstark über Pontius und Pilatus philosophieren.

Als meine Uhr schließlich kurz vor 22 Uhr anzeigt, ziehe ich mir meinen schwarzen Jogginganzug an und marschiere los in Richtung Wellnessbereich.

Dort angekommen, verschanze ich mich hinter einer milchigen Glaswand, die den Saunabereich vom Schwimmbereich abtrennt. Beide Bereiche sind durch separate Eingänge zugänglich. Es gibt vier Jacuzzis, die jeweils Steinmauern als Sichtschutz aufweisen. Davor befindet sich der Schwimmbereich.

Von Bernd ist bisher weit und breit nichts zu sehen. 22:02 Uhr zeigt meine gefälschte Rolex, die ich mir vor einem Jahr bei einem Besuch in Tschechien von einem kleinen Vietnamesen habe aufschwatzen lassen.

Die Eingangstür zum Schwimmbad öffnet sich.

Zeitgleich öffne ich die Glastür einen Spalt und habe dadurch direkten Blick auf den Eingang. Zwei Männer mit Handfeuerwaffen betreten den Bereich, gefolgt von einem Mann mit langem, grau meliertem Bart und Kopfbedeckung. Eine gewisse Ähnlichkeit mit dem getöteten Osama bin Laden lässt sich in seinem Fall nicht abstreiten.

Dahinter kommt Sabine gemeinsam mit einem Mann, der diesem Herrn Wurzel auf dem Google Pic sehr ähnelt.

Der Mann mit Kopfbedeckung wirkt recht nervös. Direkt hinter Sabine erkenne ich Hiroshi.

Wo zum Teufel ist Bernd?! Theoretisch könnte ich durch den Hintereingang flüchten, um das Personal zu informieren, aber dann würde ich von dem Gespräch nichts mitbekommen. Sabine eröffnet das Gespräch.

„Scheich Elias Sambal Olek, darf ich vorstellen: Mein Onkel Walter Wurzel. Er ist einer der Befürworter der olympischen Winterspiele in Ägypten und pflegt guten Kontakt zum olympischen Komitee und ist deshalb extra aus Österreich angereist.

Das ist Hiroshi Ono, der einen der größten Sportwetten Clans in Europa besitzt und uns bei einer Nominierung Ägyptens als idealer Partner zur Refinanzierung ihres Projektes dienen könnte."

Ich erkenne die Anspannung in Hiroshis Augen, der damit wohl nicht gerechnet hatte.

Sambal Olek antwortet freundlich.

„Danke für Ihr Engagement.
Ich erwarte höchste Loyalität und Verschwiegenheit. Ich plane, die Spiele nach Ägypten zu holen, um meinem Land und den Leuten eine große Freude zu bereiten, um so die politischen Anspannungen im Land in den Hintergrund rücken zu lassen.

Herr Wurzel, mit ihrem Einfluss und ihren Kontakten bin ich jederzeit bereit, Sie für gewisse Entscheidungen zugunsten Ägyptens fürstlich zu entlohnen.

Herr Ono, Sie benötige ich, um im europäischen Raum die richtigen Wetten zu platzieren."

Hier ist doch etwas faul, ein Harald der eigentlich Walter heißt?

Plötzlich betreten zehn tätowierte Asiaten den Raum. Ich kann Japaner, Chinesen und den Rest der asiatischen Völkergruppen äußerlich schwer auseinanderhalten. Das Einzige, was ich erkenne, ist, dass weder Sabine noch der Scheich oder Walter bzw. dieser Harald damit gerechnet hatten.

„Ach du Scheiße", denk ich mir. Das geht nicht gut aus.

Plötzlich rennen Sabine und dieser Wurzel direkt auf die große Glasfront zu und springen mit einem heftigen Klirren durch die Fensterfront. Dabei verliert der Kollege die blonde Perücke und lässt sie liegen, während er weiterläuft.

Scheinbar also doch nicht der feine Herr Wurzel.

Hiroshi reagiert blitzschnell und läuft Richtung Hinterausgang. Die bewaffneten Männer scheinen es weder auf den Scheich noch auf das flüchtige Pärchen abgesehen zu haben. Die Tätowierten laufen schnurstracks Hiroshi hinterher und eröffnen das Feuer auf ihn.

Unbemerkt versuche ich über den Jacuzzi Bereich zu entkommen, um Hiroshi und die Männer zu verfolgen.

Als ich mich um die Mauern schleiche, bemerke ich plötzlich zwei wohlbekannte Augen, die aus dem Jacuzzi starren.

Der Kobold Maki. Völlig leblos schwimmt Susis Körper im Jacuzzi.

Gut, dass ich heute Nachmittag noch Körperflüssigkeiten mit ihr austauschen wollte. Ich bete zu Gott, dass diese Noppenkondome ihren Zweck erfüllen und dass alles hier wieder nur ein schlechter Albtraum ist. Leider fühlt es sich diesmal real an.

Ich steige aus dem großen Fenster und laufe in Richtung Pool.

KAPITEL 13: ILLOYALITÄT UND IMPRESSIONEN AUS EINER SERIE

Wohin könnte Hiroshi geflüchtet sein? Wer hat Susi getötet? Meine Gedanken drehen sich unaufhörlich im Kreis. Die knallen ihn ab, wenn sie ihn in die Finger bekommen. Und verdammt nochmal, wo ist Bernd?? Er hätte das ganze Treffen aufnehmen müssen.

Die Beweisfotos hätte sicherlich lukrativ an die Medien verkauft werden können.

In der Dunkelheit erblicke ich die Männer, die Hiroshi verfolgten. Sie irren völlig planlos durch die Gegend, als hätten sie seine Spur verloren.

Ich sammle meine Gedanken und überlege, wo sich der kleine Japaner verstecken könnte.

„Natürlich! Auf der Wasserrutsche!"

Wer sollte einen erwachsenen Japaner dort suchen. Ich schleiche mich durch die

Poollandschaft und klettere auf die Black-Mamba-Rutsche. Oben angekommen, sehe ich Hiroshi im Eck sitzen und auf seinem Smartphone tippen. Als er mich erblickt, atmet er tief durch und fängt an zu flüstern.

„Ich bin ein Opfer eines ganz miesen Spiels, dass gerade gegen mich läuft."

Nachdem mir Hiroshi die ganze Geschichte erzählt hat, lasse ich mich rückwärts auf meinen Arsch gleiten.

„Kannst du dich an meine schlechte Laune am Flughafen in Deutschland erinnern?"

„Ja, klar!"

„Ich habe einen Informanten beim BKA. Ich kenne seine Identität nicht, aber er informiert mich regelmäßig über ihre Aktivitäten gegen meinen Clan.

Als Dankeschön gibt's hin und wieder ein paar Euro auf ein Konto auf den Jungfern Inseln. So wusste ich über deren Aktivitäten immer Bescheid und konnte rechtzeitig untertauchen. Ihnen fehlten bisher immer einschlägige Beweise gegen mich.

Ich wusste auch, dass sich mir schon während des Fluges eine Schönheit auffällig nähern wird. Ich spielte das Spielchen mit. Sabine ist Teil einer Spezialeinheit des BKA.

Die Leute vom BKA waren heute Abend verwanzt und hätte die Beweismaterialien meines Geständnisses den deutschen Behörden übergeben sollen.

Ich wusste auch von meinem Spitzel beim BKA, dass Makoto etwas gegen mich plant. Ich wusste aber nicht genau, was er vorhatte. Ich musste das Risiko eingehen.

Dass er mir die Yakuza auf den Hals schickt, hätte ich ihm niemals zugetraut. Daher wollte ich dich nicht einweihen!

Welche Rolle dieser Bernd spielt, weiß ich nicht!"

„Meinst du, Bernd hat Susi auf dem Gewissen?"

„Keine Ahnung. Vielleicht war es auch Notwehr."

„Oder es waren die Yakuza, bevor wir den Wellnessbereich betraten? Ihre Leiche liegt jedenfalls dort."

„Hattest du Sex mit ihr?"

„Ja, aber mit einer Lümmeltüte (Kondom)."

„Holm, wir müssen nach Deutschland zurück. Aber erst sollten wir die Leiche wegschaffen. Sonst endet das hier alles in einer großen Katastrophe."

Als wir die Rutsche später verlassen, entdecken wir Sabine in einem Gebüsch. Wir lauschen ihrem Telefongespräch unbemerkt aus einer kleinen Hütte direkt dahinter.

„Ich konnte den kleinen Hiroshi nicht dazu bringen, in das Geschäft einzusteigen. Wir hatten ihn fast so weit, dass er einwilligt, als plötzlich eine Gruppe Asiaten den Raum stürmten. Außerdem habe ich Harry verloren! Ich glaub', wir sind nicht die einzigen, die hinter dem Japaner her sind."

Im Anschluss schleichen wir uns unbemerkt in den Poolbereich, wo Bernd zusammengekauert und zitternd in einer Ecke sitzt.

Als er uns entdeckt, beginnt er wimmernd seinen Teil der Geschichte zu erzählen.

„Ich habe vor zwei Tagen einen anonymen Anruf erhalten, dass meine Eltern entführt worden. Ich solle mich an klare Anweisungen halten, damit sie frei gelassen werden.

Heute bekam ich die Anweisung, Holm eine Falle zu stellen. Wie, wurde mir freigehalten. Ziel war es das er verhaftet werden sollte.

Ich beobachte den Flirt zwischen Susi und Holm an der Bar. Susi kippte ich währenddessen unbemerkt ein geschmackloses Gift ins Getränk, welches nach 12 Stunden wirkt. Mein Plan war, dass Holm frühmorgens neben ihr aufwacht und panisch die Polizei verständigt.

Dass dieses Scheißzeug erst weitere 12 Stunden später wirkt und sie im Wellnessbereich das Zeitliche segnet, hatte mir der Verkäufer auf Ebay-Mordanzeigen verschwiegen."

„Hiroshi, denkst du dasselbe wie ich?"

„Der Auftraggeber könnte Makoto sein?"

„Jetzt haben wir beide ein Problem. Was machen wir jetzt?"

„Wir haben nur wenig Zeit, die Leiche von Susi wegzuschaffen. Hinter der Poollandschaft ist ein kleiner Ausgang, der nur von einer Kamera überwacht ist. Wir könnten den Schichtwechsel nutzen und uns vorbeischleichen.

Davor stehen zwei Quads. Wir könnten sie in die Wüste fahren und den Geiern zum Fraß vorwerfen."

„Bist du noch ganz dicht? Ich will keine Leiche wegschaffen! Hast du einen besseren Plan?!"

„Wir müssen es schaffen, das BKA auf Makoto anzusetzen. Aber wie?"

„Wir drehen den Spieß einfach um. Ich habe schließlich alle Folgen vom A-Team gesehen. Ich muss schnell einen Anruf tätigen. Wir müssen Zeit gewinnen", erwidere ich.

Jenny war nicht wirklich begeistert, als ich sie spät in der Nacht aus dem Bett klingelte. Besser gesagt, war sie ziemlich genervt.

„Du blödes Arschloch, weißt du wie spät es ist?"

„Es tut mir schrecklich leid, aber diesmal geht es um Leben und Tod. Du musst mir vertrauen."

„Was???"

„Du weißt doch noch von meiner OP in der Praxis Vorhaut. Das Ärztepaar wurden entführt. Bitte folge jetzt bitte genau meinen Anweisungen."

Fünf Minuten später informierte Jenny ihr gesamtes Team, welches sich in der BKA-Zweigstelle physisch einfand.

„Hiroshi, konntest du deinen Kontakt erreichen?"

„Nein, noch nicht. Die Nummer empfängt aktuell keine Nachrichten. Aber ich könnte meine Leute informieren."

„Gib Ihnen bitte Bescheid, sie sollen sich im Hintergrund halten. Das BKA ist bereits informiert."

„Ok, mach ich."

Kurz darauf kommt Hiroshi und teilt mir Folgendes mit:

„Der Code, um telefonisch den Status bezüglich der Festnahme Makotos bei meinem Clan abzufragen, lautet: Nr. 16 mit Fliegenschiss.

Wo ist die Leiche? Vielleicht lebt sie doch noch?"

„Niemals, die war mausetot."

Bernd beginnt zu heulen.

„Die werden meinen Vater und meine Mutter bestimmt töten."

„Nein, werden sie nicht. Das BKA wird sie befreien. Lasst uns lieber überlegen, wie wir diese Leiche wegschaffen."

„Bernd, kannst du herausfinden, bis wann Susi offiziell Gast in diesem Hotel sein sollte?"

„Sie hatte mir gegenüber erwähnt, übermorgen abzureisen."

„Ok, dann haben wir noch Zeit, dass keiner ihre Abwesenheit entdeckt. Vorschläge, wo wir die Leiche verschwinden lassen könnten?"

„Hiroshi hatte die Idee, sie in der Wüste zu vergraben. Alternativvorschläge?"

„Wir könnten Sie im Meer versenken. Vorne am Strand stehen einige Fischerboote. Ein dickes Seil und einen schweren Stein könnten wir auftreiben."

„Das halte ich für zu gefährlich. Wenn wir Pech haben und der Knoten nicht hält, wird sie morgen vielleicht bereits am Strand angeschwemmt."

„Wir könnten sie verbrennen? Nein, da bleiben zu viele Überreste.

Wir zerhacken sie, packen sie in eine säurefeste Tonne und zersetzen sie mit Säure. Ich habe das mal in einer Serie gesehen.

Gibt es Säure in Ägypten?

Ich kenne einen Angestellten, der illegal Schnaps brennt und verkauft. Vielleicht kennt er jemanden, der jemanden kennt.

Vorher sollten wir allerdings versuchen die Wache abzulenken, die die Kamera am Hintereingang überwacht. Haben alle Handys dabei?"

„Ja", antworten beide.

Ich gründe eine WhatsApp-Gruppe mit dem Titel Leichenentsorgung Susi.

„Hiroshi, besorg bitte eine Axt und große Beutel, wir zerhacken sie in der Wüste. Hiroshi, sobald

Bernd das OK gibt, schnappen wir uns die Quads und düsen los."

„Lasst uns loslegen."

Nachdem Hiroshi Axt und Beutel aus der Großküche des Hotels entwendet, tragen wir Susi Richtung Pool.

Plötzlich erkennen wir eine Patrouille, die gerade am Zaun entlangläuft, aber uns glücklicherweise nicht bemerkt.

Bernd schreibt:

„Wache abgelenkt. Spielt gerade Strippoker mit einer russischen Schönheit."

Das ist das Zeichen. Wir schleichen uns an der Kamera vorbei.

Hiroshi schließt innerhalb von fünf Minuten die beiden Quads kurz und wir fahren tief in der Nacht mit einer Leiche im Gepäck Richtung Wüste.

KAPITEL 14: KALTE WÜSTENLUFT, SÄURE UND EIN BLÖDER ZUFALL

Die Geschichte aus der Perspektive von Holm die darauffolgenden 12 Stunden

Ich wusste ehrlich gesagt nicht, wie kalt es nachts in der Wüste werden konnte.

Es fühlte sich zumindest ähnlich kalt an wie damals, als ich in Stockholm mit meinem Freund Olli eine Eisbar besuchte und wir aus Eisbechern den guten Absolut Vodka schütteten.

Als Olli nach dem achten Wodka plötzlich um 100 Euro wetten wollte, er könne doch sein Gemächt mindestens fünf Minuten an die Eisbar halten, ohne dass es ihm anfriert, hatten wir gefühlt schon 2,0 Promille.

Zwei Stunden später war ich 100 Euro reicher und Olli um ein Stück seiner Vorhaut kürzer. Der Notarzt musste sie direkt an der Bar entfernen, während die anwesenden Touristen dabei zusahen und Fotos schossen.

Monate später ließ er sich komplett beschneiden, was seiner jüdischen Freundin Shafa sehr entgegenkam. Angeblich haben sie seitdem besseren Sex.

Apropos Sex. Als wir mitten in der Wüste bei 0 Grad Celsius Susis Leiche nackt positionieren, muss ich wieder an unser Liebesspiel denken.

Wo ist sie da bloß hineingeraten?
Das hat diese junge Frau nicht verdient.

Hiroshi beginnt, sie breitbeinig und in Bauchlage auf dem festen Wüstensand zu legen. Die beiden Augen des Koboldmakis starren uns an.

„Könntest du das bitte ohne mich machen?", frage ich Hiroshi. Ich kann nicht zusehen."

Hiroshi hackt ihr zunächst beide Beine ab. Dann trennt er sorgfältig Ihre Unterschenkel ab. Das Blut spritzt dabei in alle Richtungen. Anschließend trennt er die Arme vom Rumpf und zerteilt die Arme ebenfalls in zwei Hälften. Zuletzt schlägt er den Kopf ab und zerhackt den Rumpf in drei Teile.

Hätte ich nicht so viele Horrorfilme gesehen, wäre ich sicherlich in Ohnmacht gefallen. Hiroshi verpackt die Leichenteile im Anschluss sorgfältig in mehrere Plastiktüten, als plötzlich mein Handy piepst.

Bernd: „Welche Art von Säure benötigen wir?"

Ich: „Google es doch bitte!"

Bernd: „Angeblich Flusssäure, der Typ meint aber, das funktioniert nicht."

Ich: „Alternative?"

Bernd: „Natronlauge und einen Erhitzer, er verlangt aber für alles umgerechnet 1.000 Euro."

Ich: „Kein Problem, Hiroshi zahlt, schickst du mir eine Bankverbindung und deinen Standort?"

Bernd: „Ok, dauert aber noch drei Stunden, bis wir alles bekommen."

Ich: „Schick dir unseren auch." – Standort senden. 3:00 Uhr Ortszeit

Minuten später erhalte ich die nächste WhatsApp von Bernd.

Bernd: „Es gibt ein Problem, der Typ will, dass wir bar bezahlen. Schickst du Hiroshi vorbei?"

„Hiroshi, kannst du hier umgerechnet 1.000 Euro bar abheben?"

„Ja, bestimmt, wieso?"

„Der Typ will, dass wir bar bezahlen. Die Koordinaten von Bernd hast du ja. Hiroshi kommt vorbei."

Kurz darauf schnappt sich Hiroshi ein Quad und düst davon. Mein Akkustand zeigt 20 %.

Die nächsten drei Stunden sitze ich frierend neben einer großen Plastiktüte, in der sich eine tote Frau befindet, mit der ich vor nicht einmal 24 Stunden zuvor noch Sex hatte.
Wo bleiben die beiden, verdammt nochmal? Da ist doch etwas faul.

Ich schicke den beiden erneut eine Nachricht. Keine Antwort. 6 Uhr Ortszeit.

Als die Sonne aufgeht, beschließe ich, mich auf den Weg zu machen und sie mittels der zugesendeten Koordinaten aufzusuchen. Ich schnappe mir die Plastiktüte, das Quad und fahre los.

Auf dem Weg dorthin verliere ich Susi beziehungsweise das, was von ihr noch übrig ist, mehrere Male. Es ist gar nicht so einfach, ein Quad zu steuern und zeitgleich eine Plastiktüte mit Körperteilen zu transportieren. Minuten später gibt auch noch mein Handyakku seinen Geist auf.

Was mache ich jetzt? Es ist 7:30 Uhr.

Das heißt 6:30 Uhr deutsche Zeit. Denk nach, Holm, denk nach. Circa 500 Meter weiter befindet sich auf der rechten Seite ein alter Schrottplatz. Ich könnte die Leiche dort in einem Kofferraum verstauen und brauche unbedingt ein Ladegerät.

Hinter einem großen Häuserkomplex, vorbei an Ziegen und Hühnern, schleppe ich Susi zum Schrottplatz. Dieser ist recht heruntergekommen und der Absperrzaun hat einige große Löcher. Ich klettere durch eines der Löcher und verstaue Susi in einem alten VW Polo Baujahr 88.

Anschließend laufe ich zurück zum Quad und fahre Richtung Innenstadt.

KAPITEL 15: DIE SUCHE NACH EINEM LADEKABEL UND OSTDEUTSCHE FREUNDLICHKEIT

In der Stadt herrscht um diese Zeit bereits große Hektik. Vermutlich besorgen sich die Einheimischen ihre Nahrungsmittel und sonstige Dinge, bevor die Massen an Touristen in die Städte strömen.

Ich halte verzweifelt Ausschau nach einem Elektronikgeschäft. Überall reihen sich Shops mit Klamotten, Parfüms oder Shishas aneinander. Plötzlich entdecke ich einen Laden mit Handys im Schaufenster. Als ich den Laden betrete, wird mir sofort ein Tee angeboten. Es ist 8:30 Uhr

„Ich kenne eure Masche, erst anlocken und dann abzocken. Ich brauche nur ein Ladekabel für mein iPhone 7 und Strom wenn möglich?"

„IPhone alles Original, gute Ware", antwortet der Verkäufer.

„Nein, ich brauche nur ein Ladekabel."

„Ladekabel nix gut. Nur verkaufen Iphone und Ladekabel."

„Wieviel willst du dafür?"

„400 Euro."

„Tickst du noch richtig?"

„Kein Handy kaufen, kein Ladekabel."

„Ich gebe dir 50 Euro."

„Nix, 350 Euro."

„Ok, letztes Angebot, 100 Euro."

„Ok, dann du musst zu Aldi gehen um die Ecke. Hier kostet 300 Euro."

Ich krame verzweifelt in meinem Portemonnaie.

„Ich habe noch umgerechnet 270 Euro, aber vorher müsste ich das Kabel testen."

„Ok, testen hier hinten. Ich mache dir Tee."

Als ich den Hinterraum betrete, sitzen um diese Uhrzeit bereits zwei deutsche Pärchen und lassen sich diverse Uhren und Handys zeigen.

Äußerst amüsant finde ich Olaf und Mandy aus Dresden. Die beiden kenne ich bereits vom Flughafen in Deutschland.

Als die beiden mich entdecken, beginnen sie zugleich einen Dialog.

„Koofen sie sisch och en Original-Eiföön?"

„Wir bezahlen nur 100 Ostmark, ähh Euro. Bei uns in Dräsdn kosten die Dinger 700 Ostmark, äh Euro."

Als ich mein Original-iPhone mit dem Ladekabel von dem Verkäufer einstecke, bin ich äußerst überrascht. Es lädt tatsächlich.

Ich setzte mich auf den Sessel, nehme einen Schluck Tee und schlafe innerhalb von fünf Minuten völlig erschöpft ein.

Als ich wieder zu mir komme, verstehe ich im ersten Moment gar nicht, wo ich mich befinde. Als ich zur Seite blicke, erkenne ich aber glücklicherweise das ostdeutsche Pärchen wieder.

„Nü, da sind Sie ja wieder. War wohl nä anstrengende Nacht?"

„Wir dachten, wir bleiben mal so lange, bis Sie wieder wach sind."

„Wie spät ist es denn?"

„10 Uhr."

„Wir haben en Mietwaaschen. Sollen wir Sie zu Ihrem Hotel bringen?"

„Da kann ich leider nicht hin."

„Wiesö nüscht?"

„Ähh, ich habe meine Karte verloren und ohne die komm ich nicht rein."

„Und ihr Gepäck?"

„Das ist bereits am Flughafen", lüge ich.

„Dann kommen se halt mit in unser Hotel. Wir haben eene Riesensuite. Da können Sie sich erstmal ausruhen und später, wenn Sie wieder bei Kräften sind, weiterziehen, ok?"

Das Angebot nehme ich gerne an.

Als wir den Elektroladen verlassen, vergesse ich beinahe mein Smartphone. Der Akku zeigt stolze 100 %.

Jetzt muss ich mir in Ruhe überlegen, wie ich Hiroshi und Bernd aufspüre. Keine Nachricht bisher von beiden. Allerdings habe ich die Koordinaten von Bernds letztem Aufenthalt.

Als wir in dem Hotel von Mandy & Olaf ankommen, traue ich meinen Augen nicht. Das Gebäude gleicht einem Palast aus dem Orient. Die komplette Außenfassade schmücken einzelne

Glitzersteine, die Geländer sind aus Gold und die Bedienungen tragen Headsets und Kostüme mit Diamanten. Die Eingangshalle betritt man auf einem gläsernen Untergrund. Darunter schwimmen Haie und andere Meeresbewohner. In der Mitte des Hotels steht ein riesiger Wasserfall. Der passende Name: Sharks Spa & Golf Resort, versehen mit einer Landeskategorie 5 Sterne und das ganze unweit des Hotels Paradise.

„Was kostet hier bitte eine Nacht, frage ich die beiden."

„Nüscht. Mandy macht ständig bei Kreuzworträtseln mit. Wir haben eine Woche Aufenthalt gewonnen. Gesamtwert 10.000 Euro."

Ich sollte auch öfters Kreuzworträtsel lösen. Im Zimmer angekommen, schmeiße ich mich zunächst auf das 4-mal 4 Meter große Wasserbett.

„Mach's dir gemütlich, Holm. Wir wackeln nun zum Strand. Weeser Sandstrand und echten Kaviar und Champagner. Falls du och kommen willst, klingel einfach mit dem Gerät nach Matmour. Det is unser persönlicher Butler. Der bringt dich dann direkt zu uns.
Er kennt unsere GPS-Koordinaten. Ruh dich aus und vielleicht bis später."

„Vielen Dank für alles euch beiden."

„Keen Problem. Wir Deutschen müssen ja zusammenhalten."

Nach einer Folge TKKG schlummere ich ein weiteres Mal ein, nachdem ich Siri beauftragt habe, mich doch bitte um 13 Uhr Ortszeit zu wecken.

Als der Wecker klingelt, schaue ich in Kleopatras Arschritze, die diese Luxussuite als kunstvolles Deckengemälde ziert.

Kurz darauf versuche ich Hiroshis Team zu erreichen, um den Status der Mission abzufragen.

Im Anschluss checke ich die aktuellen Tweets der Stadt Nürnberg.

Eine Jugendgruppe in der Fränkischen Schweiz hatte eine BKA-Befreiung gepostet.

Die Mission schien also erfolgreich. Beide Zielpersonen wurden durch das BKA befreit. Plötzlich klopft es an meiner Zimmertür.

„Wer ist da?"

„Hier ist Sabine. Wir müssen reden."

„Wie haben Sie mich gefunden?"

„Ich arbeite für das BKA. Mittels der GPS-Daten Ihres Handys war es relativ einfach, Sie zu orten. Bitte öffnen Sie die Tür. Ich bin eine Kollegin Ihrer Freundin!"

„Dass Sie für das BKA arbeiten, weiß ich bereits. Aber was hat bitte Jenny damit zu tun?"

„Das soll sie Ihnen am besten selbst erklären."

Ich setze mich auf dem Boden der Suite und versinke in Gedanken. Das ist doch alles ein schlechter Witz. Zwei Minuten später öffne ich die Tür und lasse Sabine herein. Die lokale Uhrzeit ist 15:00.

Ich habe nun seit exakt zwölf Stunden keinen Kontakt zu den beiden. Wo stecken sie nur?

Plötzlich klopft es erneut an der Tür.

KAPITEL 16: LADEKABEL TEIL 2 UND ALTE BEKANNTE

Die Geschichte aus der Perspektive von Hiroshi die darauffolgenden 12 Stunden

Als Hiroshi in die Großküche des Hotels einbrach, war dies ein Kinderspiel für ihn. In der Kühlkammer lag gerade ein halber Ochse mit zwei Äxten und einem großen Plastiksack direkt daneben. Er schnappte sich die Utensilien und machte sich auf dem Weg zum vereinbarten Treffpunkt. Als er versucht, die Quads kurzzuschließen, erinnerte er sich, wie ihm Makoto mit zwölf das erste Mal das Prozedere erklärte.

Sie hatten damals ihren Nachbarn im Visier, der sich ständig bei ihrer Mutter über sie beschwerte.

Schließlich musste der Golf II des Nachbarn daran glauben. Makoto schloss ihn kurz und sie versenkten das Fahrzeug kurzerhand im nächsten See.

„Was treibt Makoto nur an, dass er mich an die Yakuza ausliefern würde?"

Der Weg zu der abgelegenen Steinhütte mitten in der Wüste war nicht weit und nach seinem Empfinden war die Nacht in der Wüste recht lau.

War es richtig, Holm in die Geschichte einzuweihen? Er hatte nie vor, ihn in seine Machenschaften mit reinzuziehen. Dass nun auch noch eine Leiche entsorgt werden musste, war nie geplant.

Als sie sich der Steinhütte nähern, bemerkt er, dass sein Tank bereits auf Reserve läuft. In der Hütte liegen zum Glück ein paar Holzscheitel, die Hiroshi gleich nutzt, um ein wenig Feuer zu machen.

Die Wüste lebt. Zumindest nachts. Auch wenn tagsüber Temperaturen von 40 oder 45 Grad im Schatten herrschen, kühlt es in der Nacht auf bis zu zehn oder 15 Grad Celsius ab. Im Winter werden in der Sahara nachts sogar Minustemperaturen gemessen. Er verfeuerte die Scheitel und fängt anschließend damit an, auf einer großen Steinfläche die Leiche zu zerhacken.

Als er wenig später die Ansage bekommt, zu Bernd zu fahren und vorher noch Bargeld zu holen, hofft er, dass ihm die Tankfüllung bis dahin noch ausreichen würde.

Zudem zeigt sein Handyakku noch 5% und der Handyempfang in der Wüste geht gegen 0.

Er schnappt sich das Quad und düst den Weg zurück Richtung Innenstadt. Wie er bereits vermutete, geht ihm nach ca. 30 Minuten das Handy aus und er kann die Standort Koordinaten Bernds nur noch mutmaßen.

Dieser müsste aber in Hurghada-Stadt in der Nähe des Hurghada Marina sein.

Als ihm circa 3 Kilometer vor der Stadt auch noch der Sprit ausgeht, legt er die letzten Kilometer zu Fuß zurück. Vor dem Hotel Marina erspäht er einen Geldautomaten und bedient diesen, um Euro abzuheben. Leider erfolglos.

Keine Euro, keine Ahnung, wo Bernd stecken könnte und ein Holm, der circa 15 km entfernt in der Wüste ausharrt.

Hiroshi beschließt kurzerhand, sich ein Zimmer in einem der großen Hotels zu suchen, ein Ladekabel ausfindig zu machen und beide direkt zu kontaktieren, sobald er wieder erreichbar ist. Die Uhr zeigt 6:30 und die Sonne geht langsam auf. Hiroshi steuert zunächst eines der bekannten Hilton-Hotels an. Als er an der Rezeption nach einem Zimmer fragt, wird er belächelt und freundlich gebeten, sich ein anderes Hotel zu suchen.

Das gleiche Bild in den darauffolgenden Hotels. Er entscheidet sich nicht zu schlafen und stattdessen einen Laden ausfindig zu machen, um seinen Handyakku dort aufzuladen. Ein Blick auf die Uhr zeigt, dass es bereits 08:30 Uhr ist.

Schließlich nimmt er sich ein Taxi und düst Richtung Innenstadt.

Während der Fahrt entdeckt er plötzlich am Straßenrand einen Laden mit Handys im Schaufenster und bittet den Taxifahrer, kurz zu halten. Er betritt den Laden und bittet um ein Ladekabel. Es ist 09:00 Uhr.

„Sorry, mein Freund, letztes Ladekabel gerade an einen deutschen Freund verkauft. Der lädt Handy hinten. Willst du fragen, ob du es danach benutzen kannst?"

„Nein, danke. Wo gibt es noch Ladekabel zu kaufen?"

„Im Aldi um die Ecke. Aber sehr teuer, mein Freund."

„Ok, ich versuche es woanders."

„Viel Erfolg, Bruder."

Als Hiroshi den Laden verlässt, zeigt seine Uhr 09:15

„Es muss doch möglich sein, irgendwo so ein Ladekabel aufzutreiben", denkt er und steigt in das nächste Taxi.

Im Laufe der Taxifahrt steigt er immer wieder aus, sobald er einen Laden entdeckt, der den Anschein erweckt, Handyladekabel zu verkaufen. Der Taxifahrer kann leider nur Arabisch und

Google Translate ohne Handy gestaltet sich ebenfalls unmöglich

Die letzte Idee, die er hat, ist wildfremde Touristen auf der Straße anzusprechen. Zunächst erspäht er ein junges Pärchen, das ihm bekannt vorkommt.

Als er sich den beiden nähert, rufen beiden plötzlich panisch um Hilfe und rennen los.

„Der hat eine Bombe!!", hörte er nur noch von Weitem.

Als er in eine Seitengasse einbiegt, erblickt er plötzlich einen Mann, der die Maße eines Sumo-Ringers hat. Er näherte sich ihm vorsichtig.

„Hallo, sprechen Sie zufällig Deutsch?"

„Ja, spreche ich zufällig. Kennen wir uns?"

„Nicht, dass ich wüsste."

„Ich benötige dringend ein Ladekabel für mein iPhone."

„Ach, das sollte kein Problem sein, meine Mutti hat mir zum Geburtstag erst das neue iPhone X gekauft. Im Hotel habe ich diverse Adapter und Ladekabel. Aber erst müsste ich auf den Basar. Meine Mutti möchte das ich ihr Safran und Kurkuma mitbringe. Sie kocht mir zuhause immer so ein großartiges Risotto. Da müssten wir vorher noch vorbei."

Die Uhr zeigte mittlerweile 12:30 und Hiroshi tropfen die Schweißperlen von der Stirn. Erich (so heißt der Typ) hat einen eigenen Fahrer vom Hotel, der zum Glück einen Wagen mit Klimaanlage fährt. Als Hiroshi hinten im Wagen Platz nimmt, fallen ihm sogleich die Augen zu.

Zwei Stunden später wacht er vor einem prunkvollen Hotel namens Sharks Spa & Golf Resort auf.

„Wie können Sie sich so etwas leisten?"

„Wissen Sie, meine Mutti spart seit Jahren für mich. Da kommt so einiges zusammmen. Und dieses Jahr zu meinem vierzigsten Geburtstag habe ich mich entschlossen, mir etwas zu gönnen. Daher dieses Luxusresort. Ich habe eine der zwei Deluxe-Suiten."

Wir betreten den eindrucksvollen Rezeptionsbereich und fahren mit dem Aufzug in den 5. Stock des Resorts. Als Hiroshi aus dem Aufzug steigt, erkennt er am anderen Ende Sabine, die just in diesem Moment in einer der Suiten verschwindet.

Was macht Sabine denn hier?

Er nähert sich dem Zimmer und lauscht. Ist das Holm, der da spricht? Er geht das Risiko ein und klopft heftig an die Tür.

Die Geschichte aus der Perspektive von Bernd die darauffolgenden 12 Stunden

Als Hiroshi und Holm in Richtung Wüste losfahren, macht sich Bernd auf die Suche nach dem Schnapsbrenner, der um diese Zeit normalerweise als einer der letzten Gäste in der Bar verweilt.

Das Schnapsbrennen hatte er sich durch diverse YouTube-Tutorials selbst beigebracht. Da er neben dem eigentlichen Brennen auch sehr gut im Verkosten der Schnäpse war, ist völlig belanglos. Jedenfalls konnte Bernd ihn, wie so häufig zu dieser Stunde, nach seinem Dienst (er ist einer der Gärtner) an der Bar ausfindig machen und spricht ihn direkt an.

„Hallo Amun, ich bräuchte deine Hilfe."

Amun stammt aus dem Altägyptischen und bedeutet Sonnengott.

„Dir helfe ich doch immer, sofern du mir bei deinem nächsten Aufenthalt wieder eine leckere Marille aus Deutschland mitbringst."

„Kennst du jemanden aus deinem Kundenkreis, der zufällig chemische Waffen ausliefert? Ich bräuchte dringend eine Säure, die Leichen zersetzt."

Amun lächelt.

„Ja, klar, und ich braue besseres Bier als die Bayern."

„Ich meine es ernst. Wir bezahlen jeden Preis."
Plötzlich wird Amun hellhörig.

„Jeden Preis? Ich bräuchte sowieso eine neue Destille."

„Ok, lass mich ein, zwei Anrufe tätigen. Ich kenne jemanden, der jemanden kennt, der Kontakt zum Olek-Regime hat. Vielleicht kann er uns helfen."

30 Minuten und zwei Anrufe später fahren sie Richtung Hurghada-Stadt.

Sie lassen, dass blau beleuchtete Marina links liegen und parken 100 Meter rechts davon. Dort angekommen, betreten sie einen mit Scheinwerfer beleuchteten Hinterhof mit Kameras, der am Ende einen kleinen Durchgang aufweist. Um nicht völlig planlos dazustehen, schreibt Bernd eine WhatsApp.

„Welche Art von Säure benötigen wir?"
„Google es!"
„Google spuckt mir nach Eingabe, Leiche zersetzen' und ‚Breaking Bad' Flusssäure aus."

Als sie sich nähern, werden sie von zwei Wachen abgetastet und betreten anschließend den Durchgang. Im Hinterzimmer befindet sich ein junger adretter Mann.

„Sie brauchen chemische Waffen?"

„Nicht direkt", antwortet Bernd. „Ich bräuchte eigentlich nur Flusssäure."

„Was wollen Sie denn mit Flusssäure?"

„Eine Leiche auflösen?"

Der junge Mann lacht herzlich los.

„Glauben Sie immer an Mythen dieser idiotischen Serien? Sie brauchen Natronlauge und einen Erhitzer!
Und selbst dann bleiben Ihnen die Knochenreste. Beides kann ich Ihnen besorgen. Das kostet Sie aber 1.000 Euro und ich muss einen meiner Lieferanten kontaktieren. Das kann einige Stunden dauern."

Bernd schreibt eine WhatsApp und gibt anschließend das OK, die Lauge zu kaufen. Sein Handyakku zeigt zu diesem Zeitpunkt 5%.

„Hat hier jemand zufällig ein Google-Phone-Ladekabel?"

Leider bekommt er keine Antwort, sondern erntet einen bösen Blick von einer der Wachen.

„Sie haben ein Smartphone einstecken? Wieso wurde Ihnen das nicht abgenommen?"

Die Wache fackelt nicht lange und entwendet ihm das Gerät direkt aus der Hand.

„Sobald wir hier fertig sind, bekommen Sie es wieder, nachdem Sie den Ausgang passieren."

Anschließend wird Bernd gemeinsam mit Amun in ein Nebenzimmer gebracht. Dort steht neben einem Tisch auch ein kleines Bett.

„Würde es dich stören, wenn ich mich kurz ablege, Amun?"

„Nein, leg dich ruhig ab. Ich wecke dich, sobald es hier weitergeht."

Fünf Minuten später war Bernd eingeschlafen und hatte einen schrecklichen Albtraum, in dem ihm Susi immer und immer wieder begegnete. Als plötzlich Amun vor ihm stand, war dies kein Traum, sondern Realität.

„Sie sind da, Bernd! Die Lieferanten sind da. Dein Kumpel ist allerdings immer noch nicht aufgetaucht."

Wir verlassen das Zimmer und betreten einen großen Raum. Dort hatte sich neben dem arabischen Influencer und seinen Wachen nun auch eine Gruppe Japaner versammelt. Die erkannten Bernd sofort bei seinem Erscheinen. Es war ein Teil der Yakuza, die plötzlich im Hotel Paradise aufgetaucht waren. Die Uhr zeigte 7 Uhr morgens und er war plötzlich unerwartet in den Gewahrsam der Yakuza geraten und wusste weder, wo Holm, noch wo Hiroshi sich aufhielten. Schlechter hätte es für ihn nicht laufen können.

Da Hiroshi sowieso den Auftrag hatte, hier aufzutauchen, ersparten die Yakuza es Bernd, ihn hierherzulocken. Sie mussten nur noch warten, bis er auftauchte, und der Fisch wäre im Netz gefangen.

Bernd erhielt sein Handy zurück und musste nur Rückmeldung geben, sobald Hiroshi seine letzte Nachricht lesen würde.

WhatsApp zeigte aber weiterhin den Status „Nicht zugestellt".

Sie vertrieben sich die Zeit mit Dart-Spielen, als Bernd plötzlich die Idee hatte, die beiden mit einer verschlüsselten Nachricht zu warnen. Er verwendete das deutsche Alphabet als Zahlencode, tippte diese in sein Smartphone, um sich die Reihenfolge der Zahlen zu merken. Am Ende drückte er auf „Senden" und hoffte, sie würden sein Rätsel lösen können.

1 3 8 20 21 14 7 – 6 1 12 12 5 (Achtung Falle)

25 1 11 21 26 1 (Yakuza)

8 9 5 18 (hier)

Die Uhr zeigte mittlerweile 15:15 Uhr Ortszeit.

TEIL II – EIN EX-HOOLIGAN, DIE LIEBE ZU RUSSISCHEN FRAUEN UND DIE ERKUNDUNG DER WELT DES WETTGESCHÄFTES

KAPITEL 17: MAMAS UND PAPAS LIEBESGESCHICHTE

Vergangenheit

Anthony Harald Brian wuchs in einem kleinen Vorort namens Elsenham zwischen London und Cambridge auf. Der Vorort war so klein, dass er über einen Bahnhof, einen Supermarkt und exakt eine Kneipe verfügte. Sein Vater, ein erfolgreicher Bänker hatte die glorreiche Idee, dort in den 60er-Jahren eine große Prachtvilla zu bauen, um den überteuerten Grundstückpreise in London zu entgehen.

Elsenham hatte immerhin eine Zugverbindung, was sie den 45-minütigen Weg zur Liverpool Station durchaus bewältigen ließ.

Brians Mutter hatte früh die Schule abgebrochen und war mit 17 Jahren in die Gastronomie eingestiegen. Dort machte sie sich einen Namen als Patricia Shit, da sie angeblich ihren One-Night-Stands regelmäßig nach dem Akt der Liebe auf den Bauch Ihrer Lover ihren Darm entleerte. Ob das bei Brians Vater auch der Fall war, bleibt bis heute unbekannt. Deutlich war, dass sie immer den Plan hatte, sich einen reichen Typen zu angeln, schwanger zu werden und die Rolle der Mutter voll und ganz auszuleben.

So kam es, wie es kommen musste. Patricia hatte schon länger ein Auge auf den attraktiven Bänker geworfen, der regelmäßig, wie es im Vereinigten Königreich so üblich war, zum Feierabendbier in ihre Kneipe kam. Sie hatte es bis dato allerdings nicht geschafft, ihn in ein längeres Gespräch zu verwickeln, um ihn mit nach Hause zu nehmen.

An dem besagten Abend war nach der ersten Stunde klar, dass Brians Vater an diesem Abend mehr als seine üblichen drei Guinness trinken würde. Irgendetwas belastete ihn.

Er saß allein an der Bar und bestellte sich nach und nach mehrere Schnäpse. Schließlich verwickelte sie ihn ein längeres Gespräch, in dem er ihr offenbarte, heute bei einer Sportwette viel Geld verloren zu haben.

Seine Spielsucht war zu diesem Zeitpunkt noch kein Thema. Als er gegen ein Uhr nachts fast vom Barhocker kippte, begleitete ihn Pat schließlich nach Hause, ohne ihn an diesem Abend zu verführen.

Es entwickelte sich in den kommenden Monaten eine innige und aufrichtige Beziehung zwischen den beiden. Als Patricia schließlich mit 20 Jahren von ihm schwanger wurde, zogen die beiden zusammen in eine kleine Dreizimmerwohnung am Stadtrand Londons.

Als Brians Vater kurze Zeit später unerwartet zu viel Geld kam, (wir wissen wie) kaufte er eine 800-m²-Villa in einem Londoner Vorort.

Neun Monate später erblickte der kleine Anthony das Licht der Welt. Nach Einzug in die Villa widmete Patricia sich voll und ganz ihrer Mutterrolle. Sie war eine liebevolle Mutter und fürsorgliche Ehefrau. Das klassische Elternmodell war ihr sehr wichtig und so wuchs der kleine Anthony in einer harmonischen Familie auf. Das Familienglück schien zu diesem Zeitpunkt perfekt.

Vergangenheit – Einige Jahre später.

Anthony war auf dem Rückweg von einem Fußballspiel zwischen Liverpool und Fulham zur Wohnung seiner Eltern. Er selbst war vor zwei Jahren ausgezogen und bewohnte eine kleine Wohnung, obwohl er sich finanziell mehrere Häuser hätte leisten können.

Sein Gesicht war auf der rechten Seite völlig angeschwollen und er blutete aus der Nase.

Als Anführer eines Hooliganvereins war es an der Tagesordnung, dass sich die Mitglieder nach Abschluss der Partien zur freiwilligen Prügelei im Anschluss verabredeten. Diesmal hatte er zwei volle Schläge mit einem Schlagring mitten ins Gesicht bekommen, was ihn allerdings keineswegs gehindert hatte, dem Gegenüber seinen Baseballschläger über die Rübe zu ziehen. Sein Verein Liver Hunter war berüchtigt und gefürchtet in der Hool-Szene. Selbst von zwei Todesfällen bei Ausschreitungen in den vergangenen drei Wochen wurde in keiner Zeitung berichtet. Die Angst vor den Huntern war selbst bei der Polizei sowie den Medienanstalten weit verbreitet.

Die Villa der Brians musste fünf Jahre zuvor verpfändet werden. Grund war die extremen Spielschulden seines Vaters. Durch die Spielsucht verlor sein Vater zudem seinen lukrativen Job bei der Bank in London. Dies zwang die Familie schließlich, nach Liverpool zu ziehen, wo der Vater einen Job als Fließbandarbeiter annahm. Patricia musste aufgrund der Geldsorgen wieder in der

Gastronomie anheuern, was schließlich dazu führte, dass sie während ihres Dienstes statt der Gäste, sich selbst regelmäßig an der Schnapstheke bediente.

Als Anthony die kleine Wohnung betrat, kam ihm ein Gestank aus Rauch und Alkohol entgegen. Seine Mutter lag dem Anschein nach leblos mit heruntergezogener Hose auf der Couch. Der Fernseher lief, als plötzlich das Telefon schellte. Anthony war nicht in der Lage, den Hörer abzunehmen, so dass der Anrufbeantworter den Anruf entgegennahm.

Anrufbeantworter:

„Hier spricht der Anrufbeantworter der Familie Brian. Sofern Sie einem Callcenter angehören, rufen wir Sie gerne zurück. Alle anderen können uns am Arsch lecken."

Anrufer: „Hallo! Bitte gehen Sie ans Telefon, wenn Sie zu Hause sind. Hier spricht Herr Sucker von der Firma Dick. Ihr Ehemann hat sich bei der Befüllung der Industriegläser lebensgefährlich mit einem giftigen Schmierstoff übergossen, welcher normalerweise für die Produktionsmaschinen der Lebensmittel verwendet wird. Er wurde vor 20 Minuten ins Liverpool West Hospital eingeliefert. Bitte kommen Sie schnell, es ist nicht sicher, ob er es überleben wird."

Anthony stand wie angewurzelt im Wohnzimmer, ohne einen Ton zu sprechen. Sein Verhältnis zu seinem Vater war seit dem Umzug vor fünf Jahren stetig schlechter geworden. Er gab ihm die Schuld an der prekären finanziellen Notlage der Familie.

Als er in Liverpool eine Gesamtschule besuchen musste war er zu Beginn von allen Schülern nur missachtet und ausgeschlossen worden.

Nur durch diverse Schlägereien, die er in den Pausen anzettelte, verschaffte er sich schließlich den nötigen Respekt der Mitschüler.

Höhepunkt war, als er dem Anführer der Schulbande vor den Augen mehrerer Mitschüler beide Beine brach. Seitdem fürchteten die Schüler ihn und er stieg zum Anführer der gefürchtetsten Schulbanden der Stadt auf.

Als er Monate später von der Schule flog, nachdem er den Konrektor mit einem Messer bedroht hatte, verlagerte er seine Aktivitäten auf die Straßen Liverpools.

Zu Beginn verkauften er und seine Bande Marihuana in bestimmten Stadtbezirken. Später in ganz Liverpool und über London bedienten sie schließlich Monate später den gesamten britischen Markt.

Hinzu kam Kokain, das aus den Vereinigten Staaten durch das sogenannte Karli Kartell auch den europäischen Markt eroberte. Seine Eltern wussten bis heute nichts von seinem Business.

Den Hooliganverein betrieb er nur zum Spaß und wegen seiner langjährigen Liebe zum Fußballverein.

Er wurde nicht nur stinkreich, sondern auch zu einem der meistgesuchten Verbrecher dieser Zeit. Ein Grund dafür, weshalb er sich in dieser Zeit bereits in Ski Brian umbenannte, um keinerlei Rückschlüsse auf seinen richtigen Namen zu ermöglichen.

Sein Vater lag also im Sterben, dachte er gleichmütig.

Seine Mutter so elend auf der Couch liegen zu sehen, brach ihm hingegen das Herz.

Dann war also heute der große Tag gekommen. Er griff zu seinem Handy und wählte die Rufnummer seiner rechten Hand. Es klingelte.

Anthony: „Bereite alles für unseren Plan vor."

Rechte Hand: „Selbstverständlich, Boss."

Anthony: „Bring den Schließfachschlüssel mit dem Brief heute gegen 20 Uhr meiner Mutter. Sie hat heute frei und sollte bis dahin wieder nüchtern sein. Mein Flugticket und die Dokumente legst du bitte in das vereinbarte Schließfach am Bahnhof. Ich nehme heute noch den Zug nach London. Hast du den Übergabevertrag soweit mit dem Anwalt besprochen?"

Rechte Hand: „Ja, der Vertrag wurde geprüft und ist in Ordnung.

Willst du denn wirklich aussteigen? Hast du es dir ernsthaft überlegt? Zwei Millionen sind bei diesen gut gehenden Geschäften doch Peanuts."

Anthony: „Ja, ich habe es mir gut überlegt. Du hast die letzten zwei Jahre alles richtig gemacht. Du warst stets loyal mir gegenüber. Das möchte ich dir damit zurückzahlen. Du musst mir nur versprechen, dass meine Mutter wieder auf die Beine kommt. Das Geld darf ihr nicht ausgehen."

Rechte Hand: „Du kannst dich auf mich verlassen. Was hast du vor im fernen Amerika?"

Anthony: „Ich werde es meinen Vater gleichtun. Nur dass ich derjenige sein werde, der das Geld einnimmt und nicht ausgibt. Außerdem habe ich keine Lust mehr auf Drogengeschäfte.

Diesmal soll es Richtung Sportwetten und Glücksspiel gehen. Einer der größten Kokainabnehmer des Karli Kartells namens Benito besitzt dort eines der größten Casinos in Vegas. Dort werde ich erst mal versuchen anzuheuern, um mir einen Namen in der Szene zu machen."

Rechte Hand: „Du weißt, dass du jederzeit zurückkehren kannst?"

Anthony: „Ja, das weiß ich. Rechne aber bitte nicht damit."

Als Anthonys Mutter gegen 18 Uhr aufwachte, fühlte sie sich als, wäre ihr ein Schnellzug samt einer Elefantenherde über den Schädel gefahren bzw. gelaufen.

Völlig verkatert schleppt sie sich ins Badezimmer und gönnt sich erst mal zwei Aspirin.

Wieviel hatte sie gestern denn getrunken?

Nach dem zehnten Schnaps hatte sie das Zählen aufgehört. Als sie ihr Handy checkt, sind dort zehn Anrufe in Abwesenheit sowie vier verpasste WhatsApp-Nachrichten von vier verschiedenen Absendern. Die erste Nachricht ist von einer unbekannten Nummer. Die hat ihr ein Video gesendet mit dem Titel „Lass die Brüste hüpfen".

In dem Video steigt sie selbst auf die Theke, um zunächst den Gästen Tequila in den Mund und anschließend in sich selbst zu schütten. Daran hat sie schon keine Erinnerung mehr. Was aber dann passiert, sprengt den Rahmen. Sie entledigt sich schließlich ihres Shirts, entfernt den BH und schüttet den Tequila zwischen ihre Brüste. Dann ist nur noch ein lauter Schrei zu hören.

Die zweite Nachricht ist vom Besitzer des Lokals, der ihr fristlos kündigt.

Die dritte Nachricht ist von ihrem Sohn, der ihr mitteilt, dass er sie liebt.

Die vierte Nachricht ist erneut von einer unbekannten Nummer, von der sie gebeten wird, heute gegen 20 Uhr zuhause zu sein, da ihr wichtige Dokumente übergeben werden. Völlig frustriert öffnet sie eine Flasche Chardonnay und lässt sich auf die Couch fallen. Der Tag beginnt wundervoll, denkt sie sich.

Die Anrufe auf ihrem Handy ignoriert sie und fragt sich, wo eigentlich ihr Ehemann ist. Er müsste schon längst von seiner Schicht zurück sein. Da entdeckt sie zwei Nachrichten auf ihrem Anrufbeantworter und drückt den Button „Play".

Als Anthony mit dem Taxi zum Bahnhof Liverpool fährt, lässt er seinen Plan innerlich wieder und wieder Revue passieren.

Hatte er an alles gedacht?

Kann er sich auf seine rechte Hand verlassen?

Kommt seine Mutter wieder auf die Beine?
All die Fragen beantwortet er für sich mit Ja.
Zu seiner Linken sieht er zum letzten Mal den Sonnenuntergang in Liverpool und verabschiedet sich von Großbritannien auf unbestimmte Zeit.

KAPITEL 18: ABSCHIED OHNE HAPPY END

Als Patricia die Nachricht des Anrufbeantworters wieder und wieder abspielen lässt, beginnt sie bitterlich zu weinen.

Die erste Nachricht war von der Firma ihres Mannes, die ihr mitteilte, dass ihr Mann schwer verletzt wurde, die zweite kam direkt vom Krankenhaus, dass ihr Mann aufgrund der schweren Verletzungen schließlich um 17:45 Uhr verstorben war.

Sie sollte doch bitte ins Krankenhaus kommen, um den Leichnam vor der Obduktion zu identifizieren. Sie schaute auf die Uhr. 19:45. Bereits mehrmals hatte sie versucht, ihren Sohn anzurufen, bisher allerdings ohne Erfolg. Schließlich schreibt sie ihm eine Nachricht:

„Anthony, bitte komm nach Hause, dein Vater ist tot!!"

Als Anthony am Bahnhof ankommt, herrscht großes Chaos. Er begibt sich schließlich zu dem

Schließfach, in dem seine rechte Hand den Koffer mit all seinen Tickets, gefälschten Papieren sowie den Zugangsdaten eines Kontos auf den Cayman Islands verstaut hatte.

Er öffnet das Schließfach und den Koffer und erlebte keine Überraschung.

Selbst die kurzen Hosen, das Hawaii-Hemd, sowie den Strohhut und die roten Tangas (er hatte ein Faible dafür) waren wie vereinbart eingepackt.

Sein Zug startete in einer Stunde. Bevor er sich in Richtung Bahngleis bewegt, macht er noch einen kleinen Abstecher in einen Pub. Als er den Pub betritt, erkennt er eine Gruppe Hooligans, der er Stunden zuvor noch gegenübergestanden hatte.

Glücklicherweise erkennt ihn niemand in der Gruppe, was vermutlich auch daran liegt, dass jeder Einzelne von ihnen sicher um die zwei Promille hat und keiner mehr gerade schauen kann.

Er gönnt sich ein Pint Guinness und schaut auf sein Armband. 20:15.

Der Brief sollte schon an seine Mutter übergeben worden sein. Als er ihre Nachricht liest und so vom Tod seines Vaters erfährt, verfällt er kurz in die Überlegung, das Ganze abzubrechen.

Der Tod seines Vaters gehörte nicht zu seinem Plan. Du musst jetzt konsequent bleiben, Anthony! Du tust das Richtige. Es muss so sein und alles wird am Ende gut. Schließlich schnappt er seine Sachen und macht sich auf den Weg Richtung Bahngleis.

Als Patricia die Haustür öffnet, liegt ein Umschlag zu ihren Füßen, den sie sogleich öffnet.

Darin ein Brief, dessen Handschrift sie sofort erkennt, nämlich die ihres Sohnes Anthony:

Liebe Mutter,

es gibt ein dunkles Geheimnis, welches ich dir und Vater die letzten Jahre vorenthalten habe.

Ich habe mich bewusst entschlossen, euch bei diesem Thema nicht einzuweihen.

Ihr hättet es sicher nicht gewollt.

Ich führe seit mehreren Jahren den größten Drogenring Großbritanniens.

Dadurch habe ich genug Geld, so dass ihr euch die Villa zurückkaufen könnt, um nach Elsenham zurückzuziehen.

Die Wettsucht von Vater hat alles zerstört und ich möchte, dass ihr noch einmal von vorne beginnt.

Das Geld liegt auf einem Schweizer Bankkonto. Die Zugangsdaten findest du in dem kleinen Umschlag. Ich hoffe, dass ihr wieder glücklich werdet.

Ich habe jemanden, der euch helfen wird. Da ich aus dem Business aussteige, habe ich mich entschlossen, das Land zu verlassen. Sobald ich hier alles geregelt habe, werde ich euch mitteilen, wo ich mich aufhalte.

Interpol fahndet bereits nach mir, ohne meinen richtigen Namen zu kennen. Bitte verbrenne diesen Brief, nachdem du ihn gelesen hast.

Ich wünsche dir und Vater alles Gute für die Zukunft und hoffe, ihr schafft es wieder ein geregeltes Leben zu führen.

Ich liebe dich,

Dein Anthony

Als Patricia den Brief gelesen hatte, holte sie ein Feuerzeug und verbrannte den Brief in der Spüle der Küche. Anschließend schnappte sie sich den Rest der Flasche Chardonnay, ließ sich Badewasser ein und ging zum Medikamentenschrank. Dort holte sie eine komplette Packung Schlafmittel, setzte sich in die Badewanne und begann, die Tabletten Stück für Stück mit dem Wein hinunterzuspülen. Wenige Minuten später schlief sie ein und wurde sieben Tage später gemeinsam mit ihrem Mann begraben.

Wer die Beerdigung bezahlte? Natürlich die rechte Hand von Ski Brian.

Anthony sprang gerade noch rechtzeitig in den Zug nach London. Seine Trödelei und der Heißhunger auf Fish and Chips hatten für diese unnötige Verspätung gesorgt. Als er den Ruhebereich des Wagens 33 schließlich erreichte, setzt er sich neben eine gutaussehende junge Dame, die gerade dabei war, ihren Kaffee zu schlürfen. Sie trug einen grünen Rock mit einer leicht aufgeknöpften, weißen Bluse und hatte ihr langes, schwarzes Haar zu einem Zopf zusammengebunden. Er begrüßt sie auf die feine englische Art, was sie sogleich erwidert. Nachdem der Zug sich in Bewegung gesetzt hatte, fragt er sie höflich, ob sie ihn ins Zugbistro auf ein Glas Champagner begleite, was sie dankend annimmt.

„Wie heißen Sie, hübsche Dame?"

„Mein Name ist Irina. Ich wohne eigentlich in Russland und habe hier in Liverpool nur meine Großtante besucht. Heute Nacht geht es zurück nach Moskau."

„Und Ihr Name?"

„Ich heiße Anthony. Bei mir geht es exakt in die Gegenrichtung, nach Los Angeles."

„Was machen Sie in den Vereinigten Staaten?"

„Ich beginne einen neuen Lebensabschnitt."

„Na, das klingt ja spannend. Ich suche gerade den richtigen Lebenspartner. Allerdings stehe ich auf reiche russische Männer."

Irina lächelte verschmitzt.

„Reich bin ich zwar, allerdings kein Russe."
Anthony grinste zurück.

Die beiden trinken während der Fahrt eine komplette Flasche Moet und kommen schließlich betrunken am Bahnhof in London an.

Von dort aus geht es weiter zum Flughafen Heathrow. Am Flughafen stellten sie fest, dass ihre Gates direkt nebeneinander liegen und ihre Flieger zeitgleich in unterschiedliche Himmelsrichtungen abfliegen.

Sie verabreden sich am Gate Restaurant, um eine weitere Champagnerflasche zu kaufen und erzählen sich während der Wartezeit gegenseitig ihre kompletten Lebensgeschichten.

Irina, die eine deutsche Großmutter hat, erklärt Anthony, dass sein Name in der deutschen Sprache Folgendes bedeutete:

Schieb ihn rein!

Als sie nach der dritten Flasche gemeinsam die Herrentoilette aufsuchen, war sein Name nicht nur Bestandteil seines Ausweises, sondern hallte auch laut aus der Toilette.

Eine Stunde später tauschten beiden Nummern aus und bestiegen jeweils ihre Flieger, welche sie

Tausende Kilometer in unterschiedliche Richtungen bringen sollte.

Anthony wachte erst wieder auf, als der Flieger zum Landeflug auf Los Angeles ansetzte. Seine Erinnerung an den Einstieg in das Flugzeug waren recht verschwommen. Die drei Flaschen Champagner hatten sein Gehirn doch ordentlich benebelt.

Zum Glück war die Stewardess so freundlich, ihn zu seinem Platz zu begleiten. Als der Flieger schließlich im Morgengrauen die Filmmetropole anflog, hatte er das Gefühl, ein Biber würde nicht nur an seiner Gehirnwand kratzen, sondern hatte auch in seinem Mund ein Häufchen hinterlassen.

Er begab sich schließlich zur Flugzeugtoilette, um ihn mit einer Zahncreme zu töten und um im Anschluss sein English Breakfast nach Verzehr nahezu vollständig wieder auszukotzen.

Die turbulente Landung als krönender Abschluss der Reise bildete also den Neubeginn in den Vereinigten Staaten. Er war guter Dinge, dass es nur besser kommen konnte.

Nachdem er seinen kleinen Koffer als Letzter der Reisenden schließlich entgegennahm, passierte er den Ausgang, nahm das erste Taxi und steuerte die Adresse des Fourty Seasons in Las Vegas an, dass ihm die Karli-Brüder empfohlen hatten. Sein Plan war es, sich in den nächsten Tagen bei diesem Benito zu melden.

Jetzt brauchte er noch ein Bett und ganz viel Schlaf. Er nannte den Taxifahrer die Adresse des

Hotels und fuhr im Morgengrauen Richtung glitzernder Metropole Las Vegas.

Zur selben Zeit im Flieger nach Moskau

Irina stolperte schnurstracks auf ihren Platz in der Business Class zu. Dieser Anthony hatte sie verzaubert. Ihre Gedanken drehten sich nur darum, wann er sie endlich kontaktierte, um ihr vorzuschlagen, ihn in L.A. zu besuchen zu kommen.

Sie bestellte sich ein paar Nüsse und begann einen Liebesfilm zu schauen. Bevor das Flugzeug abhob, träumte sie bereits von einer Hochzeit mit Anthony. Sie hatte noch nie einen so charmanten Mann kennengelernt. Als sie schließlich im kalten Moskau den Boden betrat, war sie sicher, dass sie nicht warten konnte, bis er sich melden würde.

Schließlich wählte sie seine Nummer. Als die Mailbox antwortet, spricht sie folgende Nachricht:

„Lieber Anthony,

ich bin sicher in Moskau gelandet und würde mich freuen, wenn wir die nächste Flasche Schampus irgendwo auf dieser Welt gemeinsam köpfen könnten. Du fehlst mir und ich würde mich sehr freuen, wenn du dich meldest."

KAPITEL 19: NEUBEGINN, GLÜCKSPIEL UND EIN WIEDERSEHEN MIT FOLGEN

Vergangenheit

Als Brian aus seinem kurzen Nickerchen erwacht, hält der Taxifahrer seinen Wagen direkt vor dem Eingang des riesig wirkenden Hotels.

Bevor er eincheckt, holt er sich noch an einem der ATM ein wenig Bargeld, bezahlt den Taxifahrer und holt sich einen Burger an einer der zahlreichen Burger Ketten direkt an der Straße.

Die adipöse Bedienung bekommt vermutlich täglich die Essensreste als Entschädigung für den gezahlten Hungerlohn mit nach Hause.

Nachdem er sich einen völlig überteuerten Burger hineingezwungen hat, betritt er den Eingangsbereich des Hotels.

Dieser Eingangsbereich mit Marmor und prunkvollen Springbrunnen erinnert ihn ein wenig an Schloss Windsor.

Er checkt für drei Wochen ein und staunt nicht schlecht über den Preis, den ihm der Hotelier im Anschluss nennt. Schlappe achthundert Dollar pro Nacht. In Summe über zehntausend Dollar. Die Überlegung, sich nach den drei Wochen eine vielleicht etwas günstigere Unterkunft zu suchen, wäre wohl eine gute Idee.

Er konnte zwar ohne Probleme von seinen angesparten Drogengeldern überleben, wollte aber das Geld nicht unsinnig ausgeben. Er hatte hier einiges vor im Land der unbegrenzten Möglichkeiten.

Am nächsten Morgen lässt er sich die lokale Zeitung vom Empfang geben und studiert die zugehörigen Anzeigen. Zunächst bleibt er bei den Partnersuchanzeigen hängen.

Er, 50, 1,50, sucht große, dicke Elefantenkuh, die gerne mit Donuts gefüttert werden will.

Sie, 43, sucht Männer, die sich gerne den Hintern versohlen lassen und dabei Froschkostüme tragen (Froschkönigtrauma).

Ralliges Pärchen sucht Begleitung für Saunaclub-Besuche. Voraussetzung Vorliebe für Fäkalspielchen.

Nachdem er sich köstlich über die Anzeigen amüsiert hat, blättert er zu den Jobanzeigen. Dabei fällt ihm sofort ins Auge, dass ein Casino besonders viele Anzeigen schaltet. Das Casino von Herrn Benito.

Ein paar Beispiele hierfür:
Barkeeper
Croupier
Putzpersonal
Türsteher
Küchenhilfe
Security Personal

Von all denen Stellen kann er wohl nur im Bereich Security Erfahrung aufzeigen.

Plötzlich stellt er fest, dass sein Handy nicht in der dafür vorgesehenen Tasche ist, und beginnt panisch danach zu suchen. Vermutlich ist es ihm im Taxi aus der Tasche gerutscht. Er erkundigt sich an der Rezeption nach dem Taxiunternehmen. Nachdem er die Nummer erhalten hat, ruft er die Taxizentrale an und fragt nach, ob dort sein Handy abgegeben worden sei. Leider Fehlanzeige. Damit sind also all seine Kontakte weg. Er macht sich auf den Weg in den nächsten Laden, um sich ein tragbares Telefon zu besorgen, anschließend das Casino direkt anzusteuern, um sich persönlich vorzustellen.

Das Vorstellungsgespräch im Casino verlief anders, als erwartet. Nach seiner Ankunft begleiteten ihn zwei Gorillas direkt in das Büro von Benito. Benito rauchte gemütlich eine Zigarre und sitzt in einem übergroßen Sessel und nuckelt an einem Bud Light.

„Herzlich willkommen in den Vereinigten Staaten von Amerika. Nachdem Sie eingecheckt waren, bekam ich bereits die Info, dass sie sich in der Stadt befinden. Ihr Profil abzugleichen war im Anschluss reine Routine.

Ich hoffe, Sie hatten einen guten Flug?"

„Danke, ich hatte viel Spaß."

„Ihre Bekannten aus dem Karli-Clan haben mich gebeten, Ihnen direkt das Geschäftsmodell rund um Wetten und Glücksspiel zu erläutern.

Ich habe Ihnen bereits einen Stundenplan für die kommenden Wochen zusammengestellt. Er beinhaltet neben theoretischen Grundlagen auch bestimmte Praxisblöcke, in denen Sie lernen werden, wie das schmutzige Geschäft rund um illegale Wetten funktioniert.

In keinem anderen Land der Welt ist die Gesetzeslage rund um das Thema Glücksspiel derart komplex und vielschichtig wie in den Vereinigten Staaten von Amerika. Rechtsbereiche wie die Legalisierung und Regulierung von Casinos und Lotterien fallen dabei seit Jahrzehnten in den Aufgabenbereich der einzelnen Bundesstaaten. All das müssen Sie lernen zu verstehen.

Wie in anderen Jobs gibt es auch bei uns die Möglichkeit, unterschiedliche Laufbahnen einzuschlagen. Angefangen vom Junior über Senior hin zum eigenständigen Geschäftsführer. Ihr Gehalt setzt sich aus einem Fixum und einem variablen Anteil zusammen. Je besser die Leistung, umso höher ihr Gehalt. Sofern von ihrer Seite nichts dagegenspricht, können Sie morgen beginnen."

Anthony willigte ein und fuhr bereits am nächsten Morgen von Nevada Richtung Kalifornien auf ein Glückspielseminar.

Anthony erarbeitete sich die nächsten Jahre einen hervorragenden Ruf in der Branche. Nicht zuletzt durch einige Gefälligkeiten für die Karli-Brüder kletterte er Schritt für Schritt die Karriereleiter nach oben und schaffte es am Ende sogar zum offiziellen Vertreter Benitos.

Benito nahm dabei die fehlende Vaterrolle für Anthony ein. Als er schließlich bei einem Fallschirmsprung unglücklicherweise ums Leben kam, übernahm Anthony dessen Geschäfte, da Benito dies in seinem Testament niedergeschrieben hatte.

Als Anthony sich eines Tages auf einer seiner Dienstreisen nach Europa am Flughafen in Paris ein Glas Champagner in der Business Lounge einschenkte, stupste ihn von hinten plötzlich eine Person völlig ungeniert an.

„Hallo, Anthony!"

„Irina? Wie lange ist es her? Wie geht's es dir?"

„Gut, wie du siehst. Ich habe reich geheiratet."

Irina trug ein kurzes Kleid von Gucci und sah mithilfe von ein paar Schönheitsoperationen ähnlich gut aus wie damals.

„Das freut mich, das war doch immer dein Plan."

„Ja, nur wollte ich nur dich. Wieso hast du Arsch dich nie gemeldet?"

Als ich ihr die Geschichte mit dem Handy erzähle, das ich im Taxi verloren hatte, und mich deshalb mich melden konnte, wirkte sie wieder etwas beruhigt. Statt meiner Geschäfte interessiert sie eher das Ding zwischen meinen Beinen, dass Sie bei jeder Gelegenheit mit ihren Füßen berührte. Wir trinken, reden und beschließen am Ende, die Nacht gemeinsam zu verbringen.

Irina erzählt mir von einem Professor aus Russland und so kam es schließlich, dass ich Jahre später nach meinem Neuanfang in der USA doch wieder ins Drogengeschäft einstieg. Der Grund war ein sensationeller Liebesakt mit Irina, der heimlichen Sexgöttin Russlands.

KAPITEL 20: EXKURS – DIE GESCHICHTE DER DROGE SWEETFLASH

Wladimir Bocharewko saß in seinem Büro in St. Petersburg. Sein ganzes Leben hatte er sich der Chemie gewidmet und lehrte das Gebiet seit drei Jahren an den bekanntesten staatlichen Universitäten des Landes.

Bekannt wurde er in Russland durch die russische Ausgabe der Sendung „Die Höhle der Löwen", in der er bei seinem Pitch ein Mittel präsentierte, das nach der Einnahme von Alkoholika, in Russland im speziellen Wodka, sofort zu einer Senkung des Promillespiegels auf null führte.

Nachdem Irina Berlusconikowa, die Frau eines bekannten Medienmoguls, den Deal mit ihm einging, schlug das Produkt am russischen Markt ein wie eine Bombe.

Aufgrund der Bekanntheit der Grande Dame des russischen Fernsehens lief Werbung für das Produkt auf allen Kanälen in Dauerschleife.

Es verkaufte sich innerhalb eines halben Jahres fast 40 Millionen Mal, was Bocharewko binnen kurzer Zeit zum Millionär machte.

Selbst die Pornobranche nutze das Produkt und warb mit dem Slogan: „Nüchtern ficken ist die Hölle – aber geil!"

Statistiken belegten am Ende sogar, dass die Rate der Unfälle unter Alkoholeinfluss in Russland um 50 % gesenkt werden konnte.

Bocharewko hatte bei Abschluss des Deals allerdings das Kleingedruckte nicht gelesen. Die Medienmogulin nahm ihn auf Lebenszeit in ihre Dienste. So zwang sie ihn schließlich, in seinen Forschungssemester weitere Produkte auf den Markt zu bringen. Gelinge ihm dies nicht, müsse er Stück für Stück seines neu erworbenen Reichtums an sie abdrücken. Der eigens dafür eingerichtete Lehrstuhl wurde mit den besten Forschungsutensilien ausgestattet.

Nach zwei erfolglosen Forschungssemestern gelang ihm im dritten Jahr durch Zufall die Mixtur der Wunderdroge. Nachdem der öffentliche Verkauf von Drogen selbst in Russland ein Problem darstellt, ließ Irina Berlusconikowa schließlich ihre Kontakte zur Drogenszene spielen und gab die Dienste des Professors an ihren alten Bekannten Brian nach einer heißen Liebesnacht ab

Seitdem steht der Professor in Brians Dienst und fliegt monatlich in die USA. Die Droge wird dort in mehreren Hinterzimmern einer bekannten Drogeriekette heimlich produziert. Die Produktion folgt nach einem einfachen Schema. Sobald Bocharewko das Land betritt, wird er von einer Gefolgschaft in ein Verteilungszentrum gebracht. Von dort aus wird exakt eine Monatscharge direkt von ihm vermischt und an diverse Außenlager der USA verteilt. Das genaue Mischverhältnis der Droge ist exakt an zwei Orten dieser Welt niedergeschrieben. Eine Mitschrift befindet sich in einem versteckten Schließfach in Russland, die andere befindet sich verschlüsselt auf dem Laptop des Professors, auf den er als Einziger Zugriff hat.

Gegenwart

Ski Brian befindet sich in seiner prunkvollen Villa in Los Angeles beim ausgiebigen Lunch, als sein neues iPhone X, eine private Sonderanfertigung von Apple mit Brillanten und Goldgehäuse, den Klingelton von Tom Jones abspielt.

Als er die Annahmetaste betätigt, teilt ihm sein Privatsekretär mit, dass ein sogenannter Herr Makoto Ono ein Geschäft vorschlagen möchte, dass er unmöglich ablehnen könne.

Er, der große Ski Brian, bei dem sogar das Management von Bela Hadidida schwach wurde, als er ihr 10 Millionen Dollar anbot, damit sie auf einer Privatparty in einem Miss-Piggy-Kostüm die Gäste mit Champagner begoss und gleichzeitig den französischen Schaumwein in die trockenen Kehlen füllen sollte.

Ein Heidenspaß war das damals. Als der Name Ono allerdings durch seinen Gehörgang dringt und langsam in seinem Gehirn aufschlägt, wird er neugierig.

Hat dieser Ono eventuell etwas mit seinem größten Widersacher im Bereich der illegalen Wetten zu tun?

Er hatte jahrelang versucht, Hiroshi vom Markt zu drängen, es allerdings bis heute nicht geschafft.

Aufgrund dessen versuchte er sich zu diversifizieren und hatte sich in kürzester Zeit ein kleines Drogenkartell mit einer neuen Insiderdroge namens Sweetflash aufgebaut.

Die Droge ist eine chemische Zusammensetzung, ähnlich wie Crystal Meth. Das rote Pulver wird geschnupft oder kann geraucht werden. Der süßliche Geschmack bzw. Geruch bewirken binnen zwei Sekunden ein Wohlgefühl ähnlich wie bei Heroin.

Das Herstellungsverfahren ist einfach, allerdings nur einem russischen Professor der Universität St. Petersburg bekannt, Prof. Wladimir Bocharewko. Dank seiner Bekannten Irina, hatte Brian das große Glück, die Dienste des Professors in Anspruch nehmen zu können.

Seit Unterzeichnung des Vertrages ist er regelmäßig in Los Angeles, um dort die Droge in einem versteckten Komplex zu produzieren. Sie ist besonders im Westen der USA zur absoluten Insiderdroge aufgestiegen und wirbelte den kompletten Drogenmarkt durcheinander.

Aufgrund des unbekannten Herstellungsverfahrens hatte Brian sich ein Monopol auf den Vertrieb der Droge gesichert, was ihm aufgrund der hohen Marge innerhalb kürzester Zeit zusätzliche Millionen einbrachte.

Dies gefiel speziell den anderen Drogenkartellen gar nicht, weshalb einige ihn gerne tot gesehen hätten.

Er plante, sich aus dem Geschäft zurückzuziehen und die Dienste des Professors an eines der Kartelle zu versteigern.

Dafür hat er nächste Woche eine E-Auktion im Darknet eingestellt, bei der alle renommierten

Drogenkartelle die Möglichkeit haben, an der Auktion teilzunehmen.

Dass ihm ein gewisser Ono sprechen möchte, hat vermutlich mit seinem stärksten Konkurrenten Hiroshi zu tun hat.

„Stellen Sie den Herren zu mir durch."

„Ski, was kann ich für oder gegen Sie tun?"

„Herr Ski, hier spricht Makoto Ono. Der Bruder des Ihnen vermutlich bekannten Hiroshi Ono. Sie sind der Mann, der Sweetflash am amerikanischen Markt kontrolliert?"

„Ja, das ist richtig."

„Herr Ski, ich bin gerade dabei, das Leben meines Bruders zu zerstören, und wollte Sie bitten, mir kurz Ihre Aufmerksamkeit zu schenken."

„Was springt dabei für mich heraus?", antwortete Brian.

„Ich verspreche Ihnen, dass Sie, nachdem Hiroshi unter der Erde liegt, die Geschäfte von ihm übernehmen können. Ich möchte mich komplett aus dem Wettgeschäft zurückziehen und Ihnen den Markt überlassen."

„An welche Summe haben Sie gedacht?", antwortete Brian.

„An exakt 20 Millionen.

Ich weiß von ihrer E-Auktion kommende Woche. Ich möchte, dass Sie mir den Zuschlag bei der E-Auktion erteilen, egal wie hoch die Gebote anderer Bieter ausfallen.

Mein Name im Darknet ist Pokemon79. Überlegen Sie es sich. Ich erwarte Ihre Antwort binnen 24 Stunden."

Bevor Ski antworten konnte, hatte der Mann bereits aufgelegt. „Das klingt nach einer überraschenden Win-win-Situation", dachte sich Ski.

TEIL III – DIE WENDUNG UND ZUSAMMENFÜHRUNG DER PUZZLETEILE

KAPITEL 21: EIN DATE DECKT AUF

Als Makoto den Hörer auflegt, läuft die neunte Sinfonie von Beethoven. Er sitzt entspannt in seinem Schaukelstuhl und genießt die Klänge des Komponisten.

Sein Plan war es, den Yakuza, die den Drogenmarkt in SEA kontrollierten, das Herstellungsverfahren der Insiderdroge zu verkaufen. Als Gegenleistung erwartet er Hiroshis Ermordung. Diesen Deal werden sie nicht ablehnen.

Seitdem er aus Japan zurückgekehrt war, hat er sich jeden Tag geschworen, sich an Hiroshi zu rächen.

Der erste Schritt war vollbracht. Runde zwei konnte eingeläutet werden.

Makoto war nicht nur der stellvertretende Geschäftsführer, sondern auch der verantwortliche Geldeintreiber des Sport Wetten Clans. In dieser Rolle konnte er regelmäßig seine auftretenden Aggressionen freien Lauf lassen.

Heute Abend muss er einem Kunden, bei dem die Wettschulden seit über einem Jahr überfällig waren, beide Beine brechen. Seine Gedanken bleiben bei Holm hängen. Dieser hängt in letzter Zeit häufig mit seinem Bruder ab.

„Ich muss mehr über diesen Kerl in Erfahrung bringen", dachte er.

Als er noch bei den Yakuza angestellt war, verwendete er immer ein Wahrheitsserum namens Armobarbital, um detaillierte Informationen über sein Opfer zu erfahren.

„Ich könnte ein Set von Amazon Crime bestellen. Das Päckchen sollte normalerweise spätestens in 2-3 Tagen da sein. Holm wird sicher diese Woche wieder bei uns im Mushis abhängen. Dann kipp' ich ein, zwei Tropfen in sein Getränk. Das müsste ausreichen.

Makoto hatte große Pläne. Schließlich hatte seine große Liebe einen schwerwiegenden Fehler vor zwei Jahren begangen und diesen Dr. Vorhaut geheiratet.

Er war gerade frisch aus Japan zurück, als es groß in der lokalen Zeitung verkündet wurde.

In dieser Zeit schmuggelte er eine vergiftete Hochzeitstorte auf die Feier. Der Plan die gesamte Hochzeitsgesellschaft zu vergiften ging leider nicht auf, da die diabeteskranke Schwiegermutter heimlich ein Stück probierte und kurz vor der Zeremonie daran verstarb. Die Hochzeit musste abrupt abgesagt werden und die Torte wurde von der Polizei beschlagnahmt.

Er wählt die Nummer der Gemeinschaftspraxis Vorhaut.

„Gemeinschaftspraxis Vorhaut, Sie sprechen mit Gaby, was kann ich für Sie tun?"

„Hallo, hier spricht Makoto Ono, ich rufe an wegen meiner Haut-OP in drei Tagen und wollte mich nur noch einmal vergewissern, dass auch beide Ärzte anwesend sind."

„Warten sie einen Moment. Ich sehe, Sie haben eine Leberfleckentfernung an ihrer Eichel in Kombination mit einer Penisverlängerung, ist das richtig?
Es werden beide Ärzte anwesend sein. Ich frage aber noch mal nach. Einen Moment bitte.

Hören Sie Herr Ono, Herr und Frau Vorhaut sind für die OP eingetragen. Kann ich sonst noch etwas für Sie tun?"

„Sie könnten mir verraten, wie es sich mit so einer sexy Stimme leben lässt. Sie müssen doch unheimlich viele Verehrer haben?"

„Sie Charmeur. Ehrlich gesagt, bin ich momentan Single."

„Ich zufälligerweise auch. Was halten Sie von einem unverbindlichen Kaffee morgen im Central Café? Ich würde Sie gerne kennenlernen."

„Morgen muss ich arbeiten, aber am Wochenende ginge."

„Samstag, 10 Uhr?"

„Das müsste funktionieren."

Neben der Vorbereitung seines Planes hatte er noch ein Date abgegriffen. Außen begannen die Kirchenglocken zu läuten. Exakt 12 Uhr.
Was er nicht wusste, war, dass diese Kirchenglocken laut und deutlich durch eine versteckte Wanze zu hören waren.

Jenny, bzw. Jennifer Jauche saß gemeinsam mit ihrem Kollegen Harry in einem Van vor dem Haus der Onos.

Jenny arbeitet in der Abteilung Transnationale Organisierte Kriminalität für Wiesbaden und war bereits seit zwei Jahren damit beauftragt, Beweise gegen den Ono Clan zu sammeln, um diesen offiziell anklagen zu können.

Es war ihr ein Dorn im Auge, dass Holm eines Abends bei Mushis Sushis bestellte und es auch noch sein Lieblingsjapaner wurde.

Sie hatte nicht damit gerechnet, dass Hiroshi sich auch noch mit Holm anfreunden würde.

Alle Bemühungen, den Urlaub mit Holm zu verschieben, blieben ohne Erfolg.

Tante Frida, der Tritt in der Dusche, der angebliche Tod ihres Opas sowie die inszenierte Radiomessage und die vorgetäuschte Testamentseröffnung, alles wurde von ihr eingefädelt, um einen triftigen Grund zu haben, den gemeinsamen Urlaub mit ihm vorerst abzusagen. Der letzte Joker war die Trennung von ihm. Unterstützt wurde sie in Ihrem Vorhaben von Ihrem Kollegen Harald, auf den sie sich jederzeit verlassen konnte.

Diese hatte schon lange ein Auge auf sie geworfen und unterbreitete den Vorschlag sicher nicht ohne Hintergedanken. Der alte Nazi-Opa futtert weiter seinen Haferbrei in einem völlig überteuerten Altenheim und es bestand keine Gefahr, dass Holm ihn aufsuchen würde.

Die WhatsApp und SMS-Nachrichten von Holm ließ sie so lange unbeantwortet, bis die Sache hier erledigt wäre. Sie vermisste ihn sehr, war aber von Harald überzeugt worden, so zu handeln.

Dieser Idiot Makoto plante also, seinen Bruder auszuschalten. Das verkompliziert die Sache ungemein. Ihren Kollegen von der DEA in den USA muss sie heute noch von der geplanten Auktion Brians Bericht erstatten. Das müsste zumindest Beweis genug sein, um Brian hinter Gitter zu bringen.

„Was machen wir jetzt, Harry?"

„Ich dachte, Makoto ist loyal gegenüber seinem Bruder. Lass uns doch erst mal abwarten, was er tatsächlich plant."

„Wann ist euer Flug nach Ägypten?"

„Übermorgen!"

„Entweder wir schaffen es bis dahin oder du musst Holm allein fliegen lassen. Ich vermute mal, dass er Horst mitnehmen wird. Schließlich ist er neben Hiroshi sein bester Freund. Ich hoffe, er versteht es, wenn du ihm offenbarst, dass du schon seit Längerem hinter dem Ono-Clan her bist."

„Das hoffe ich auch! Und zwar sehr."

„Meinst du, den Termin beim Hautarzt sollten wir überwachen? Schließlich hat er keinen falschen Namen angegeben."

„Ich denke nicht. Es ist schließlich nur eine OP, um sein Sexleben wieder anzukurbeln."

Am folgenden Samstagvormittag trafen sich Gaby und Makoto im Café Central.

„Ach, du bist also Japaner?"

„Naja, ich hatte noch nie etwas mit einem Japaner", ergänzt Gaby.

„In der inTouch habe ich gelesen, dass ihr weltweit im Durchschnitt die kleinsten Glieder habt.

Aber das sind ja nur Statistiken. Stell dir vor, vor Kurzem war der Holm bei uns in der Praxis. Mit dem hatte ich früher mal etwas. Und der hat das größte Glied, was ich je gesehen hab."

„Holm, sagtest du? Interessant."

„Ja, wir hatten früher mal was. Ich war noch jung und unerfahren."

Makoto wurde hellhörig. Vielleicht musste er gar nicht Holm ausspionieren.

„Erzähl mir mehr von diesem Holm."

Nach zwei Stunden und drei weiteren Proseccos für Gaby wusste Makoto alles über Holm.

Gaby erzählte von seinem früheren Leben, der OP, seinem großen Gemächt und der Trennung von seiner Freundin Jenny sowie einer anstehenden Reise nach Ägypten, bei dem ihm anscheinend auch ein Japaner namens Hiroshi Ono begleitet.

Was Makoto nicht ahnte, war, dass die Salz- und Pfefferstreuer des Restaurants verwanzt waren. Das BKA hörte in einem Transport unweit der Lokation wieder alles mit.

„Wusstest du, dass er früher solche Hohlnudeln gevögelt hat? Ich wusste gar nicht, dass er so gut bestückt ist. Tut das nicht weh?", fragt Harald völlig ungeniert.

Jenny wurde hochrot. Wie immer, wenn sie sich schämte.

„Wir müssen an dieser Gaby dranbleiben.

Holm hatte in derselben Praxis eine OP und hat vermutlich dort wieder Kontakt zu ihr aufgenommen. Sicher ist sicher. Aber wieso nimmt er bitte Hiroshi mit nach Ägypten? Das darf doch alles nicht wahr sein. Ich bin schwer davon ausgegangen, er würde Horst fragen."

Nachdem Makoto dankend das Angebot eines Blowjobs in der Männertoilette nach dem Restaurant Besuch abgelehnt hatte, beschloss er, sich bei den Yakuza zu melden und ihnen von den Plänen der E-Auktion sowie der anstehenden Reise seines Bruders nach Ägypten zu erzählen.

Nach der Abhöraktion Makotos fährt Jenny in die Außenzentrale des BKA.

Irgendwie hatte sie das Gefühl, dass Harry nach ihrer vorgetäuschten Trennung von Holm recht häufig versuchte, ihr näherzukommen.

Harald war nett, aber nicht mehr als ein Arbeitskollege für sie.

In der Arbeit saß sie mittlerweile bei der vierten Nespresso Tasse und überlegte, wie sie den Fall Ono-Clan endlich abschließen konnte. Eigentlich hasste sie diese umweltverschmutzenden Nespresso-Dinger.

Allerding kredenzte Holm ihr den besten Kaffee daraus und verschönerte ihn auch noch mit viel Milchschaum und einem Zettelchen, bevor er ihn ihr immer ans Bett brachte. Meistens musste sie über die Sprüche von Holm lachen, manchmal gingen sie ihr aber auch ordentlich auf den Zeiger. Sie vermisste ihn trotzdem sehr. Holm musste aus dem Kreuzfeuer Ihrer Ermittlungen. Sie beginnt den Bericht für Ihre USA Kollegen zu verfassen.

Die DEA ist schon seit Längerem hinter dem Drahtzieher der Droge Sweetflash her. Allerdings konnte sie bisher noch keine Personen identifizieren.

Das aufgezeichnete Telefongespräch von Ono und Brian beweist nun eindeutig, dass Ski dieses Gesicht ist. Ein Erfolg am Ende für die DEA, aber nicht für das BKA.

Aber was bezweckt Makoto mit diesem Plan? Will er tatsächlich ins Drogengeschäft einsteigen? Das ist alles unlogisch. Als sie mit dem Bericht fertig ist, scannt sie das Dokument mit dem Multifunktionsgerät und schickt es sich per E-Mail.

Als sie beim BKA vor zehn Jahren begonnen hatte, benutzten sie noch Faxe. Heute steht der alte Willi (Faxgerät) kaum benutzt in der Ecke und langweilt sich. Wie sich die Zeiten doch ändern. Sie geht zurück zu ihrem Laptop und öffnet den Anhang. Dem Bericht fügt sie eine neue Mail hinzu und verfasst folgenden Text:

Dear Hank,

Attached, you will find a recording of a telephone call between Mr. Ono and Mr. Brian. Mr. Brian admits clearly and loudly to be the head of the drug cartel that is dealing with the drug Sweetflash. This should be proof enough for a potential arrest.

Best regards from Germany
Jenny

KAPITEL 22: KIDNAPPING WILL GEÜBT SEIN

Ono war nach dem Gespräch mit der Dumpfbacke Gaby guter Dinge, dass sein Plan funktionieren würde. Übermorgen war der Flug von Hiroshi und Holm und morgen die Entführung der beiden Ärzte geplant. Jetzt musste er noch einen Flug und einen Job in diesem Hotel in Ägypten für Bernd arrangieren und ihn dazu bringen, diesem Holm einen Mord anzuhängen. Die Auktion fand ebenfalls übermorgen statt. Alles verlief nach Plan bis dato.

Im Keller des gemeinsam bewohnten Einfamilienhauses der Onos hatte er sich heimlich ein kleines Versteck eingerichtet. Von einer kleinen Werkzeugkammer aus plante er die Entführung der Familie Vorhaut diesmal akribisch. Die eine Betonwand zierte einen Lageplan der Villa der Familie Vorhaut. In bestimmten Räumen waren rote Blitze eingezeichnet, die Kameras visualisierten.

Daneben hingen diverse Aufnahmen des Ärztepaares sowie ihres gemeinsamen Sohnes. Der Arbeitsplatz des Sohnes Bernd war ebenfalls abgebildet. Er arbeitete am Flughafen als Flugzeugmechaniker. Die andere Seite zeigte einen Grundriss der Praxis, sowie eine Tafel der Ankunftszeiten und Gehzeiten der Mitarbeiter. Es fiel auf, dass beide ab ca. 18:30 Uhr ohne Sprechstunden in der Praxis noch ca. eine Stunde länger blieben als ihre Angestellten. Meistens setzten sie zu dieser Zeit die komplizierteren OPs an. Das hatte ihm Gaby verraten. Daher auch sein spätes Zeitfenster der Operation.

Heute ist es nicht schwierig, komplizierte Operationen im Internet zu recherchieren. Entfernungen oder Verlängerungen von Genitalien gehörten beispielsweise dazu.

Der Grundriss zeigt einen kleinen Keller, der scheinbar völlig ungenutzt war. Dieser war nur über einen Hintereingang erreichbar. Der Zugang zur Praxis lag im Erdgeschoss direkt in einem der OP-Räume. Von dort aus, könnte er mit beiden unbemerkt entkommen.

Ein weiteres Bild zeigt seine Fluchtstrecke sowie Satellitenbilder eines kleinen Gutshofes etwas abgelegen in der Fränkischen Schweiz.

Den hatte Hiroshi von einem seiner Gläubiger für Wettschulden erhalten und Makoto gebeten, ihn zu begutachten.

Er wählt die Nummer des ägyptischen Hotels, in dem Holm und Hiroshi in zwei Tagen unterkommen sollen. Es klingelt.

Eine Stimme meldete sich in englischer Sprache.

„Hotel Paradise – hier gibt's die Jungfrauen gegen Aufpreis gleich mit. Was kann ich für Sie tun?"

„Hallo, ich möchte bitte den Geschäftsführer sprechen."

„Was ist der Grund Ihres Anrufes?"

„Ich habe ihm ein lukratives Geschäft zu unterbreiten."

„Einen Moment bitte."

Der Geschäftsführer meldete sich Minuten später und Makoto beginnt mit seiner Forderung.

„Ich bitte Sie, in zwei Tagen jemanden in Ihrem Hotel zu beschäftigen. Wichtig ist, dass er Zugang zu allen Zimmern und öffentlichen Räumen bekommt. Welcher Art von Job, ist mir sichtlich egal. Ich biete Ihnen dafür 100.000 Euro. Sind wir im Geschäft?"

Der Geschäftsführer antwortete kurz und trocken: „Selbstverständlich!

Lassen Sie mir den Namen, Pass und Referenzen einfach per Fax zukommen. Den Rest regeln wir mit dem Kollegen vor Ort."

Fax? Makoto war irritiert. Wozu gibt es denn heute Scanner und E-Mail. Er suchte die Faxnummer des Hotels auf dessen Homepage und machte sich auf den Weg zum nächstgelegenen Army Shop. Für die bevorstehende Entführung benötigt er u.a. noch Panzertape. Den Rest der Utensilien besorgt er sich online. Die Vorbereitung der Mission „Vernichtung Hiroshi & Friend" war so gut wie abgeschlossen.

Am nächsten Morgen parkte Makoto seinen gemieteten Transporter hinter der Praxis.

Der kleine Garten hinter dem Haus war so verwildert, dass man von der Straße aus nicht einmal die Hauswand erahnen konnte. Riesengroße Hecken, verwilderte Bäume und Sträucher machten die Sicht unmöglich.

Das Gartentor war mit einem verrosteten Schloss versperrt, das Makoto innerhalb weniger Sekunden mit einem Bolzenschneider eines bekannten Baumarkts durchtrennte. Die hierfür entwickelte Werbemaßnahme der Marketingabteilung, bei der sich eine nackte Frau ihren eisernen Büstenhalter lasziv durchtrennte, hatte ihn am Vorabend so überzeugt, dass er es für angemessen hielt, einen Preis von 59,99 Euro dafür zu bezahlen. Sicherlich ein gefundenes Fressen für alle Feministen Gruppen dieser Welt, sich über diesen Spot zu beschweren.

Seinen angemieteten Transporter parkte er direkt vor dem Gartentor, so dass die Seitentür des Vans direkt davor geöffnet werden konnte.

Im Garten lagen viele kleine Äste, die ein unbemerktes Entkommen zusätzlich erschwerten. Aber auch daran hatte er gedacht. Beim anderen Baumarkt gab es im Ausverkauf Laub- und Astsauger für 150 Euro.

Tiernahrung hatte er gleich mitgenommen. Schließlich sollte es dem Ehepaar Vorhaut in der versteckten Hütte in der Fränkischen an nichts fehlen.

Er begann, die kleinen Äste mit dem Sauger wegzublasen, und bildete so einen kleinen Durchgangsweg zum Kellereingang der Praxis. Das Schloss am Keller war etwas hartnäckiger zu knacken.

Aber auch das konnte er mit dem Markengerät durchtrennen. Als er mit den Vorbereitungen fertig war, machte er sich auf zum Vordereingang der Praxis.

In der Praxis angekommen erkennt er Gaby bereits am Empfang. Seinen Rucksack mit allen Entführungsutensilien verstaut er Richtung Garderobe.

„Hallo, Gaby."

„Ach der Makoto! Hoffe, du bist nicht allzu nervös vor deiner OP?

Schade, dass ich den Leberfleck nicht mal persönlich begutachten durfte.

Heute bin ich beim Speed-Dating. Ich muss jetzt auch gleich los. Bitte nimm noch kurz im Wartezimmer Platz. Darf ich dir deinen Rucksack verstauen?"

„NEIN", schrie Makoto, so dass Gaby fast rückwärts von ihrem Stuhl fiel.

„Entschuldigung, ich wollte dir dein Spielzeug nicht wegnehmen. Hast du da etwa dein Tamagotchi drin? Ich hatte früher auch mal eins. Naja, ihr Japaner seid schon ein komisches Völkchen.

Herr und Frau Dr. Vorhaut haben gerade noch eine OP. Du wirst demnächst aufgerufen. Wird schon alles gut gehen."

Als er das Wartezimmer betrat, erkannte er ein Aquarium mit kleinen Seepferdchen. In Japan landeten die häufig auf dem Teller seines Bosses.

Besonders gerne verspeiste er diese, sofern er zuvor einen erfolgreichen Deal abgeschlossen hatte.

Nur noch wenige Stunden, dachte er sich. Dann warten wir mal, bis Herr und Frau Doktor mir Audienz gewähren. Er setzte sich auf einen Plastikstuhl und schob sich einen Kaugummi in die Kauleiste und flüsterte:

„Schließlich will ich mir nicht nachsagen lassen, ich sei ein Entführer mit schlechtem Atem."

Als aus dem Lautsprecher ertönt, Herr Ono solle sich doch bitte in den OP-Saal 7 begeben, steigt sein Adrenalinspiegel. Endlich würde er Hilde seit Jahren zum ersten Mal wieder zu Gesicht bekommen und der Anlass war tatsächlich kein schöner für sie.

Ein letzter Check seines Rucksackes, ob auch alle Entführungsutensilien vorhanden waren, und er machte sich auf den Weg zum OP-Saal.

Dort angekommen, tränkte er zwei Tücher mit Chloroform, checkte die Hintertür für seinen Fluchtweg durch den Garten und zog sich die Sturmmaske über.

Der Raum war so geschnitten, dass er sich geschickt hinter einem Wandschrank platzieren konnte, so dass ihn die Ärzte beim Eintritt in das Zimmer nicht sehen würden.

Die Knebel und die beiden Transportsäcke legte er hinter den Schrank. Nach wenigen Minuten betrat zunächst Dr. Vorhaut den Raum. Völlig perplex, keinen Patienten anzutreffen, wollte er sich wieder Richtung Ausgang bewegen, als der kleine Japaner ihn gekonnt von hinten mit dem Tuch binnen weniger Sekunden ins Land der Träume beförderte. Sekundenschnell schleifte er den schlaffen Körper des Arztes hinter die Seitenwand des OP-Saals.

Wenige Minuten später betrat Frau Dr. Vorhaut den Raum. Makoto ließ sich bei ihr ein wenig mehr Zeit. Er ließ sie bis vorn an das Telefon treten, um sie kurz darauf freundlich zu begrüßen.

„Hallo, Hilde, lange nicht gesehen! Wie geht es dir?"

„Makoto?? Was ist hier los?"

Völlig überrascht und voller Panik wählte sie die Nummer 110. Zu Ihrem Nachteil hatte der Japaner die Leitung bereits gekappt.

„Na, bist du glücklich mit deinem Doktor? Ganz schuldenfrei ist er nicht."

„Was willst du von uns?"

„Von euch will ich eigentlich gar nichts. Nur Rache und Genugtuung für das, was mir mein Bruder damals angetan hat. Gib mir die Nummer deines Sohnes."

„Was willst du von ihm?"

„Er muss nur eine kleine Sache für mich erledigen. Dann wird euch nichts passieren."

Widerwillig gab sie ihm die Nummer ihres Sohnes Bernd.

Mit einer vorgetäuschten Umarmung näherte er sich der Ärztin. Hilde erkannt das Tuch in seiner Hand und flehte ihn an, es sich doch bitte noch mal zu überlegen.

Makoto war allerdings so wild entschlossen, dass er ihr das Tuch ins Gesicht hielt und ihr dabei ins Ohr flüsterte:

„Ich habe nie aufgehört, dich zu lieben, meine liebste Hilde."

Etwa zwanzig Minuten später hatte er beide professionell geknebelt, gefesselt und ihre Augen mit zwei Baumwollschals von H&M verbunden.

Er packte zunächst den Arzt auf die Schultern, um ihn Richtung Hinterausgang zu schleppen. Das David–Kirsch-Body-Workout der letzten Wochen hatte ihm hierzu die nötige Power verliehen. Als er den Garten erreichte, legte er den Körper ab und legte ein paar Blätter darüber. Er öffnete die Seitentür des Vans und schleuderte den Körper anschließend auf die rosa Kuscheldecken, die er extra hierfür im Wagen bereitgelegt hatte.

Das gleiche Prozedere wiederholte er im Anschluss mit Hilde. Im Wagen montierte er einen Stimmenverzerrer, welchen er gemeinsam mit der Sturmmaske im Verbrecherset von Amazon Crime erworben hatte, an sein Smartphone und wählte die Handynummer von Bernd. Es klingelte.

Als Jenny ihr Handy zur Seite legte, war ihr ganz schwindlig. Früher hatte sie häufig mit Panikattacken kämpfen müssen, hatte sie mittlerweile aber ganz gut unter Kontrolle. Ihr Boss wollte sie von dem Fall abziehen, da er den Eindruck hatte, dass es für sie zu persönlich wurde. Schließlich geriet Holm mehr und mehr ins Kreuzfeuer der Ermittlungen des BKA.

Irgendjemand vom BKA sollte mit nach Ägypten fliegen. Wir müssen es schaffen, Holm aus dieser Sache herauszuhalten. Vielleicht doch die weiblichen Reize ausnutzen und Sabine auf den kleinen Japaner ansetzen. Sabine war die Geheimwaffe des BKA, sofern es um Verführungen des männlichen Geschlechts ging.

Sie war vor ein paar Monaten durch Zufall zum BKA gekommen. Wie genau, weiß bis heute niemand, allerdings war immer, wenn es darum ging, die Waffen einer Frau gekonnt einzusetzen, ihr Einsatz gefragt.

Das Teilzeitmodel war gerade in einer verdeckten Ermittlung in Paris unterwegs und wurde heute noch eingeflogen.

Morgen früh erfolgte das Briefing für das Team. Sie sollte bereits während des Fluges Hiroshis Vertrauen gewinnen. Der Plan war, es Hiroshi ein Geständnis zu während eines Treffens zu entlocken. Idee war dies im Zusammenhang mit den geplanten olympischen Spielen in Ägypten. Er sollte einwilligen für einen der Befürworter Sambal Olek die illegalen Wetten zu steuern und so den Clan der illegalen Machenschaften zu überführen.

Das Ganze sollte auf Tonband festgehalten werden. Harald, der unbedingt mitwirken wollte, sollte in dem Fall als Unterstützung die Rolle des bekannten Walter Wurzel einnehmen, der als Mittelsmann eingesetzt werden sollte.

Sie hatte 72 Stunden Zeit, Hiroshi dieses Geständnis zu entlocken, andernfalls würde sie von dem Fall abgezogen werden.

Schließlich schrieb Jenny Horst eine WhatsApp.

„Horst, hier ist Jenny. Wo bist du?"

„Gerade schlecht, meine Mutter (Holm) ist hier. Ich melde mich in einer halben Stunde noch mal."

45 Minuten später schrieb er, sie solle doch ins Dance Paradise kommen. Holm sei ins Mushis abgewandert.

„Schon gehört, dass er Hiroshi mit nehmen möchte nach Ägypten?"

„Ja. Lass uns in Ruhe quatschen. Außerdem brauch ich Alkohol."

„Ok, ich bin in 20 Minuten da."

30 Minuten später traf sie in dem Stripperladen ein. Horst hatte einen Gin Tonic vor sich stehen und genoss die Tanzeinlage einer asiatischen Tänzerin.

„Irgendwie steh ich auf diese Nationalität."

„Ich gerade gar nicht!"

„Das glaube ich dir aufs Wort."

„Mein Boss will mich von dem Fall abziehen, wenn ich nicht innerhalb von 72 Stunden Beweise gegen Hiroshi erbringe. Ich lasse Sabine einfliegen."

„Kluger Schachzug! Die kleine Schlampe wird es sicher richten."

Horst hatte eine kurze Beziehung mit Sabine und war quasi verantwortlich, dass sie beim BKA eingestellt worden war.

Als die beiden sich trennten, gab es einen bösen Rosenkrieg, den Horst verlor.

Sogar das gemeinsame Meerschweinchen hatte sie sich damals unter den Nagel gerissen. Von all den Ersparnissen von Horst ganz zu schweigen. Er bekam damals eine Depression, bevor er wieder seinen aktuellen Job begann. Dort fiel sein kleines Alkoholproblem auch niemandem auf.

„Ich weiß, Horst. Aber sie ist meine letzte Chance."

„Schon in Ordnung. Du willst doch nur deine Beziehung retten.

„Wann kommt sie?"

„Morgen früh ist das Briefing."

„Ich bin gespannt, ob du das Ruder nochmal rumreißen kannst."

„Ich auch, lieber Horst, ich auch"

Am nächsten Morgen zeigte die Uhr 9:15 Uhr.
Das Briefing war für 9:00 Uhr angesetzt. Die ganze Crew schlürfte bereits ihren zweiten Kaffee, als Sabine den muffigen Mittsiebziger-Raum betrat. Wie immer hatte sie ihr kürzestes Röckchen an, um den Kollegen zu gefallen. Selbst der Boss war anwesend.

„Frau Sippelkopf! Da sind Sie endlich. Hatten Sie eine lange oder wie häufig eine kurze Nacht im Marriott?"

„Sehr kurz", erwiderte Sabine.

„Da war ein charmanter Franzose an der Hotelbar, der mir doch prompt noch einen Champagner ausgeben wollte und am Ende wurde es dann doch etwas länger."

„Aber zum Glück haben Sie ja hergefunden. Meine Damen und Herren, beginnen wir mit dem Briefing. Frau Jauche, übernehmen Sie bitte."

„Wie wir alle wissen, plant Makoto Ono, seinen Bruder auszuschalten. Dies gilt es mit höchster Priorität zu verhindern. Beide sollen für ihre

Machenschaften hinsichtlich der illegalen Wetten ins Gefängnis wandern.

Hierfür benötigen wir stichhaltige Beweise, die wir heute der Staatsanwaltschaft noch nicht ausreichend vorlegen können.

Hiroshi Ono bereist in zwei Stunden gemeinsam mit Holm Hüdekamp das Land Ägypten.

Hiroshi Ono muss bereits während des Fluges um den Finger gewickelt werden. Sabine, wir haben dir einen Sitzplatz direkt neben ihm reserviert.

Unser Mittelsmann in MEA ist informiert und wird morgen im Hotel eintreffen. Sabine, bitte nimm heute Abend im Hotel noch Kontakt zu ihm auf. Um das Ganze möglichst realistisch als Bestechungsskandal zur Gewinnung der olympischen Spiele aussehen zu lassen, wird Harald als angeblicher Großinvestor Walter Wurzel nachreisen.

Bitte informiere auch ihn rechtzeitig, ob alles nach Plan läuft.

Ono plant unabhängig davon, die Dienste eines russischen Professors via E-Auktion zu ersteigern. Der Professor ist laut aktueller Information, der die genaue Rezeptur sowie das Herstellungsverfahren der neuen Droge Sweetflash kennt.

Welches Ziel Ono damit verfolgt, ist bisher ungewiss.

Es ist, wie wir alle wissen, leider keine Straftat, die Dienste zu ersteigern.

Allerdings ist die Versteigerung strafbar und der Initiator der Auktion, Ski Brian, wandert dafür in den Knast.

Die DEA ist über die Auktion informiert und wird uns über den Ausgang berichten. Ich möchte über den Status regelmäßig Bericht erstattet bekommen. Wir haben 72 Stunden Zeit. Ich hoffe, jeder weiß, was er zu tun hat. Machen wir uns an die Arbeit."

Als Harald in Richtung Küche ging, tippte er auf seinem Handy folgende Nachricht:

„Du bist mal wieder im Visier der Ermittlungen.

Weibliche Person im Flugzeug neben dir ist vom BKA.

Dein Bruder plant irgendwas gegen dich!

Weitere Infos folgen!"

KAPITEL 23: DIE VORBEREITUNGEN DES GROßEN FINALES

Bernd führte einen Sicherheitschecks an einer Boeing 747 durch. Seinen Beruf als Flugzeugmechaniker praktizierte er bei einer bekannten Airline am Flughafen Nürnberg.

Ihm gefiel seine Arbeit da er schon immer etwas mit Maschinen, statt mit Menschen zu tun haben wollte.

Der Wunsch seines Vaters ein Medizinstudium zu absolvieren, hatte sich spätestens mit seinem Abitur erledigt. Das erfolgreich absolvierte Maschinenbaustudium hingegen konnte er nie respektieren.

Glücklich war er darüber zum ersten Mal als er Bernd um Geld betteln musste.

Bernd war bereit, ihm die 10.000 Euro zinsfrei zu überlassen. Seine Festanstellung bei der Airline erlaubte ihm einiges anzusparen und brachte zusätzlich noch Freiflüge ein, so dass er einmal im

Monat an jeden Ort der Welt umsonst fliegen konnte.

Diesen Monat hatte er sich New York für eine Kurzreise ausgesucht.

Bis heute waren es ca. 40.000 Euro, die ihm sein Vater schuldete. Er wusste, dass sein Vater krank war. Dr. Vorhaut hatte den Tod seiner Mutter bei seiner eigenen Hochzeit nie überwunden.

Bernd war Einzelgänger und sehr hilfsbereit. Er hatte oft versucht, seinen Vater davon zu überzeugen, mit dem Spielen aufzuhören. Einmal stand sein Vater kurz davor, das Haus zu verkaufen, um unbeschwert weiter spielen zu können. Selbst die gemeinsame Praxis stand kurz vor dem Verkauf. Seine Mutter litt sehr darunter und flüchtete sich in die Arbeit und seit wenigen Wochen auch in mehrere Gläser Wein pro Abend. Bernd hasste es, sie leiden zu sehen. Könnte man nur irgendetwas gegen diesen Ono-Clan unternehmen?

Sein Vater hatte Angst vor den Onos. Speziell vor Hiroshi, der nie aufhörte ihm Geld zu leihen. Dies trieb ihn zusehends in den Abgrund der Schuldenfalle.

Plötzlich klingelte sein Handy. Ein unbekannter Anrufer. Sicherlich wieder die Ossi-Hotline von o², die einem ein Toptarif+Festnetz-Package andrehen wollte. Genervt hob er ab.

„Hallo? Nein, ich möchte kein Zusatzpaket bei Ihrem Scheißladen erwerben!"

Die Stimme klang verzerrt und gar nicht nach einem schlecht bezahlten ostdeutschen der Telefon Hotline.

„Sie werden mir jetzt genau zuhören, Bernd.

Ich habe Ihre Eltern entführt. Solange sie meinen Anweisungen folgen, wird ihnen nichts passieren.

Sie gehen nun sofort ins Büro für Flughafenangestellte und lassen sich heute noch ein Ticket für den Flug XG 3475 ausstellen. Im Hotel Paradise in Hurghada werden sie bereits erwartet. Ich werde mich wieder bei Ihnen melden."

Bernds Hände zitterten. Er hatte aufgrund der Wettschulden seines Vaters mit schlimmen Ereignissen gerechnet, aber sicher nicht mit einer Entführung seiner Eltern.

Er verließ die Halle und machte sich auf den Weg ins Reisebüro für Angestellte. Das kostenlose Ticket war schnell ausgestellt und so bestieg er keine vier Stunden später den Flieger nach Ägypten.

In Ägypten angekommen, zeigte eines der vielen Schilder am Flughafen seinen Namen und er folgte dem Fahrer. Die Fahrt ins Hotel dauerte gerade einmal 25 Minuten.

Direkt vor dem Eingang des Hotels wartete der Hotel Manager höchst persönlich. Er führte ihn in der Hotelanlage herum und begann zu erzählen.

„Sie haben eine Zwölf-Stunden-Schicht und am darauffolgenden Tag frei, dann wieder zwölf Stunden usw. Ihr primärer Arbeitsplatz wird die Dart-Ecke sein, dort fällt es am wenigsten auf, dass sie nicht zu der Stammbelegschaft zählen. Die Ausbildung zum Animateur ist eine harte Ausbildung, die wir in diesem kurzen Zeitfenster nicht schaffen werden.

Sie besuchen ein Seminar für professionelles Arschgelaber – im Anschluss werden sie zur zertifizierten Nervensäge ausgebildet. Lernen, ein Mikrofon und einen CD-Spieler zu bedienen, und belegen Sportkurse in Dart und Aquagymnastik. Ach ja, und hier ist ihr Handy. Darüber werden sie kontaktiert und erhalten ihre Aufträge. Sie übernachten im Animateur Bereich hinter dem Pool. Dort haben wir eine Luftmatratze für Sie bereitgelegt."

Bernd verstand die Welt nicht mehr. Am gleichen Abend setze er sich an die Bar, wo er sich nach ein paar Drinks von Geschichten von schwarzgebrannten Schnäpsen bis hin zu gescheiterten Beziehungen der Gäste anhören durfte. Besonders auffällig war eine Truppe Russen, die sich an der Bar die kompletten Wodkareserven des Abends gönnte, um anschließend in die hoteleigene Disco aufzubrechen.

Als Makoto den Hörer nach dem Anruf auflegte, gab er die Hütte in der Fränkischen Schweiz als Ziel in sein Navigationssystem ein. 45 Minuten.

Er drehte den Zündschlüssel und machte sich auf den Weg zum Versteck.

In der Nähe der Autobahn A9, bemerkte er mehrere Fahrzeuge, die sich bis zur Auffahrt stauten.

Er versuchte, mit einem geschickten Manöver links auszuweichen, um weiter den Weg Richtung Landstraße zu nehmen.

In diesem Moment übersah er den hinter ihm heranbrausenden alten VW Golf einer älteren Dame. Er rammte ihn seitlich und das Fahrzeug der alten Dame schleudert mit voller Wucht in den gegenüberliegenden Straßengraben.

Völlig überfordert hielt er am Seitenrand und betätigt seine Warnblinkanlage.

Er steigt aus und überquert die stark befahrene Bundesstraße, um nachzusehen, wie es der alten Dame geht. Zum Glück hält keines der vorbeifahrenden Fahrzeuge an.

Ein Blick auf die völlig demolierte Beifahrertür des VW Golf prophezeit Ärger.

Plötzlich springt eine kleine Dame wutentbrannt und quietschfidel aus der Fahrerkabine. Sie scheint so 70-75 Jahre zu sein, bei einer Größe von 1,50, und ohne jegliche äußerlich erkennbaren Kratzer.

Nachdem sie nach ihrem Regenschirm auf dem Rücksitz greift, springt sie Makoto entgegen und drischt ihm mit ihm erst mal heftig gegen sein Schienbein.

„Allmächd! Horch a mal, du depperter Volldepp! Hast du keine Augen in deinem Schädel...

Och hör auf... auch no a Japaner. Hauptsach alles wird fotografiert von eich. Aber aus euren kleinen Glotzern kennt a ned gscheid schaun beimAutofahren!"

Makoto versucht, die aufgewühlte Dame zu beruhigen.

„Es tut mir leid, gute Frau. Ich hatte Sie leider nicht gesehen."

„Allmächd, der ko a nu Deitsch. I werd verrückt. Horch a mal, du machst jetzt Bilder, des kannst ja so gut. Und i ruf derweil die Polizei!"

„Nein, bitte keine Polizei", erwiderte Makoto. „Des kannst du vergessen, du dreckerte Arschkrampen. Der Wogn kehrt meim Oldn. Der flippt aus."

Daraufhin wurde Makoto nervös und überlegte, wie er unkompliziert aus der prekären Lage entfliehen konnte. Im Wagen lagen das betäubte Ehepärchen und das Letzte, was er jetzt gebrauchen konnte, war die Polizei.

„Warten Sie kurz. Ich hol nur kurz was zum Schreiben aus dem Wagen."

„Ok" erwiderte die Dame. „Aber dann rufen wir die Polizei."

Makoto zieht sich Handschuhe über und tränkt ein Tuch mit Chloroform und nähert sich von hinten der Dame, die gerade ihr Handy bereits in den Händen hält, um dieses zu bedienen.

„Gute Nacht, alte, fränkische Bissgurn."

Er drückt ihr das Tuch von hinten ins Gesicht und die Dame sinkt sofort ohnmächtig nieder.

Keiner der vorbeifahrenden Wagen bemerkt glücklicherweise die Situation.

Er legt die Dame auf dem Rücksitz ab, übergießt die Sitze mit Benzin, zündet ein Streichholz an und schmeißt dieses auf dem Rücksitz, nachdem er vorher die Handbremse löst.

Der Wagen rollt schnurstracks die Böschung hinunter und fängt sofort an zu brennen.

In der einsetzenden Dämmerung fährt er weiter in Richtung Fränkische in der Hoffnung, dies würde der einzige Zwischenfall bleiben.

Als er 45 Minuten später bei dem Haus eintrifft, jubelt ihm eine Gruppe betrunkener Jugendliche zu. Der alte Gutshof liegt in der Nähe des bekannten Fünf-Seidla-Steigs. Dort tummeln sich Teilnehmer unzähliger Junggesellenabschiede oder wanderwillige Bierwandergruppen, die sich in insgesamt fünf lokalen Brauereien auf einer vorgeschobenen Wanderung unzählige Bier in ihre Magen schütten.

Er folgt einer kleinen Auffahrt und biegt in ein kleines Waldstück ein. Das Ehepaar liegt immer noch regungslos im Wagen und schlummerte vor sich hin. Er öffnete die Haustür und bringt Decken und Fesseln in das Erdgeschoss des alten Bauernhauses. Ein Blick auf sein Smartphone verrät ihm, dass er hier Empfang und 4G hat, um so seinen Laptop über einen persönlichen Hotspot mit dem Internet verbinden zu können.

Er holt das verbleibende Holz aus der Scheune und stapelt es zu dem Rest der Holzscheitel.

Anschließend trägt er beide Personen ins Haus und fesselt sie jeweils fünf Meter voneinander entfernt an zwei Stahlketten, die vorher als Absperrketten für die Rinderzucht in der Scheune dienten.

Er setzt heißes Wasser auf, schürt ein Feuer an und beginnt, Reis und Chili zu kochen. Im Anschluss telefoniert er mit Bernd, um ihm weitere Anweisungen zu geben.

Er sollte versuchen, Holm einen Mord anzuhängen, so dass der ihm für seinen Plan mit Hiroshi nicht mehr in die Quere kommen konnte. Als das Ehepaar wenige Stunden später erwacht, reicht er beiden Essen und Getränke.

„Euch wird nichts passieren, sobald euer Sohn meinen Auftrag erfolgreich durchgeführt hat, zumindest dir, liebe Hilde!"

„Was willst du damit sagen? Lass meinen Mann in Ruhe. Er hat dir nichts getan!"

„Er hat mir nichts getan? Er hat dich mir weggenommen! Außerdem macht er Geschäfte mit meinem verhassten Bruder. Das soll NICHTS sein?"

Völlig erbost verlässt er das Zimmer und begibt sich in das Nebenzimmer, um das Ehepaar allein zu lassen. Er aktiviert den Hotspot seines Smartphones und ruft die täglichen Nachrichten ab, als er die Headline der NN entdeckt.

„Tragischer Tod nach Unfall auf der B4
Ein tragischer Unfall ereigneter sich diesen Nachmittag in der Nähe der Autobahn A9 – Auffahrt B4. Ein brennendes Fahrzeug und Opfer welches bisher noch nicht identifiziert werden konnte. Der Unfallhergang ist ebenso ungeklärt."

Seine Arbeitsweise, die er im Yakuza Seminar Tatortreinigung erlernt hatte, kam ihm bei solchen Zwischenfällen stets zugute.
Er putzte sich die Zähne legte ein Gute-Nacht-Lied für seine Gäste auf und legte sich schlafen.

Den nächsten Tag wanderte er durch die Fränkische Schweiz und besorgte Essen für seine Gäste.
Um 22 Uhr Ortszeit fand heute die große Auktion statt. Es war Zeit, sich ins Darknet

einzuwählen, um die Online-Auktion von Brian zu verfolgen, die in einer Stunde starten sollte.

1:30 Uhr am nächsten Morgen

Das Gebot für die Dienste des Russen lag bei über 25 Millionen US-Dollar. Er hatte vor der Auktion noch mit Brian telefoniert und den Deal unter der Hand klar gemacht.
Er bekomme den Zuschlag für 20 Millionen. Er müsse nur solange das Gebot erhöhen, bis alle Bietenden ausstiegen. Mittlerweile war nur noch ein gewisser Trump Dump im Rennen. Der hätte unendlich weiter bieten können. Als schließlich Trump Dump bei 28 Millionen aussteigt, erscheint am Bildschirm folgender Hinweis:

„Sie haben die Auktion gewonnen. Bitte nehmen Sie Kontakt mit dem Verkäufer auf! Der Verkäufer hat Ihnen eine verschlüsselte E-Mail mit dem Code Sweetflash zukommen lassen. Der Betrag wird Ihnen automatisch von Ihrem hinterlegten Dark PayPal-Konto abgebucht."

Als er das verschlüsselte PDF öffnete, befand sich neben dem vereinbarten Vertrag auch die Adresse des Professors in Russland.

„Geschafft", dachte sich Makoto. Zwei Minuten später schrieb er eine E-Mail in japanischer Sprache mit folgendem Betreff an die Adresse MisterMiyagi@Yacuza.jp:

Tausche Rezeptur und Professor gegen Auftragsmord Hiroshi Ono

Mr. Miyagi,
ich möchte Ihnen einen Deal anbieten.

Ich habe soeben die Dienste eines russischen Professors ersteigert. Der Wissensträger der neuen Insiderdroge Sweetflash aus Amerika. Anbei erhalten sie den Vertrag zwischen mir und Herrn Brian aus den Vereinigten Staaten. Diese Droge Sweetflash wird den asiatischen Drogenmarkt revolutionieren. Ich biete Ihnen an, die Dienste des Professors für den Verkaufspreis von 20 Millionen auf Sie zu übertragen. Nach Überweisung übersende ich Ihnen den Vertrag und den Standort des Professors.

Die einzige Gegenleistung, die ich verlange, ist die Ermordung meines Bruders. Er ist im Hotel Paradise in Hurghada, Ägypten. Sobald Sie ihn erledigt haben, erhalten sie alle weiteren wichtigen Unterlagen

Es dauerte keine fünf Minuten und der Chef des Yakuza-Clans meldete sich höchstpersönlich bei Makoto.

„Halten wir es kurz, Makoto, wir haben Interesse an deinem Deal und überweisen das Geld. Wie ist die Adresse, wo sich dein Bruder aufhält?"

„Hotel Paradise in Hurghada."

„Ok, wir werden sofort aufbrechen."

KAPITEL 24: DIE SPEKTAKULÄRE FESTNAHME UND EIN EXPLOSIVER SHOWDOWN

Eine Dreiviertelstunde später, als vereinbart, traf Sabine am Flughafen ein. Den kleinen Japaner konnte sie zwischen einem jüngeren und älteren Paar bereits von Weitem erspähen.

Sie reihte sich in die Warteschlange daneben ein und warf Hiroshi bereits einen interessierten Blick zu. Eigentlich süß, dachte sie sich. Als sie sie sich nach ihrem Koffer bückt, streckt sie ihren Allerwertesten direkt in Richtung Hiroshi. Dass dabei ihr pinkfarbener Tanga zum Vorschein kommt, gehört zu selbstverständlich zu ihrem Plan.

Hiroshi bleibt das Ganze nicht verborgen und seine Augen wandern auf ihren Hintern. Als sie Richtung Sicherheitskontrolle läuft, kommt ihr ein junges Paar völlig hysterisch entgegengelaufen.

Die Jugend von heute, denkt sie sich. Nur Schwachsinn im Kopf. Im Gate-Bereich gönnt sie sich erstmal ein Glas Champagner. Neben ihr nimmt das ältere Paar aus der Check-in-Schlange Platz. Das Gespräch ist laut und deutlich zu hören!

„Mensch, Olaf! Ich bin so oofgeregt! Meenst wir bekommen da ooch Kaviar im Hotel und soo?"

„Ich bekomm schon wieder Schweißflecken im Schritt, so ufjeregt bin ich!"

Schließlich wird der Flug XG 3476 aufgerufen und Sabine macht sich nach zwei weiteren Gläsern Champagnern auf BKA-Kosten auf in Richtung Gate.

Im Flugzeug läuft das gleiche Sicherheitsprozedere ab wie bei jedem Flug. Die Frage, die Sabine jedes Mal in den Kopf schießt, ob die Damen und Herren auch ein Training hierfür bekommen. Ähnlich wie von Laufstegtrainer Jorge bei „Germany's Next Hungerhaken"! Wäre doch sicherlich mal ein interessantes Format. Germany's Next Saftschubse.

Dass von diesen eifersüchtigen Zicken jede zweite mit einem Piloten vögelt, hatte Sie persönlich auch schon erleben dürfen.
Sabine war zu jener Zeit auf Dienstreise in einem Hotel auf Mallorca und hatte einen dieser Piloten abgeschleppt. Als sie am nächsten Morgen beim Frühstück saß, konnte sie gar nicht so schnell

aufspringen und hatte heißen Kaffee über ihrem Gucci-Kleidchen verteilt, da einer dieser Saftschupsen wohl davon ausging, sie sei in einer Beziehung mit dem besagten Piloten.

Hiroshi nimmt direkt neben ihr im Flugzeug seinen Platz ein.

Beim Start bittet sie ihn freundlich, ihr doch die Hand zu halten. Sie habe schreckliche Flugangst.

„Kommen Sie aus Japan?"

„Ja!"

„Aber sie sprechen Deutsch?"

„Ja, ich lebe schon seit Längerem in Deutschland."

„Und was machen Sie so? Sagen Sie jetzt bitte nicht, Sie haben einen Sushi-Laden. Dann heirate ich Sie auf der Stelle! Ich liebe nämlich Sushi."

Die nächsten drei Stunden ist Sabine damit beschäftigt, Hiroshi mit Komplimenten zu befeuern. Als sie von ihrem japanischen Schriftzeichen über ihrer Vagina erzählt, ist sie sicher, den kleinen Japaner, um den Finger gewickelt zu haben.

Nach der Landung schleichen sich beide gemeinsam auf eine der Toiletten. Hiroshi ist nicht nur gut im Umgang mit Nunchakus, sondern kann auch ganz gut mit seiner Zunge umgehen. Als sie beim Gepäckband eintreffen, scheint dieser Holm leicht angesäuert. Ganz süß der Kleine, denkt sie sich. Gehört aber nicht zum Auftrag und eine dritte Abmahnung beim BKA hätte eine Kündigung zur Folge.

Sie fahren mit einem Bus ins Hotel und der Typ von Jenny überlässt ihnen schließlich sogar die Suite.

Sie tippte eine Nachricht für die BKA-Gruppe in ihr Geschäftshandy:

„Teil 1 erfolgreich abgeschlossen. Der Fisch ist an der Angel."

Währenddessen in den USA...

Brian blickte nach der Auktion völlig zufrieden auf den Bildschirm seines neuen Apples. So sollten zusätzlich schlappe 20 Millionen auf seinem Paypal-Konto eintrudeln.

Er klappt den Laptop zu und zündet sich genüsslich eine Zigarette an. Was dieser Japaner nicht wusste, war, dass er eine Kopie des Herstellungsverfahrens machte, dass sicher in einem Schließfach der Bank of America im Osten des Landes aufbewahrt wurde.

Fünf Minuten später stürmte ein Sonderkommando der DEA unter der Leitung von Hank Hallaway die Villa von Ski Brian.

Die Anklage lautete auf den Vertrieb und Handel illegaler Drogen sowie Geschäfte rund um illegale Wetten und Spiele.

Brian wurde festgenommen, kam am nächsten Tag wieder auf freiem Fuß, nachdem seine Kaution auf 1 Million Dollar festgesetzt worden war. Bezahlt durch seine damalige rechte Hand aus Großbritannien. Bis zu seinem Strafverfahren saß er mit einer Fußfessel in seiner Villa und schmiedete Pläne für seine Flucht.

Zur gleichen Zeit in Deutschland...

Als die Nachricht der Verhaftung Brians beim BKA eintraf, war Jenny ein wenig erleichtert. Allerdings wusste sie, dass es noch lange nicht zu Ende war. Vielleicht war die Auktion auch nur ein gekonntes Ablenkungsmanöver von Makoto.

Sie mussten sich jetzt voll und ganz auf die Aktion in Ägypten konzentrieren. Sabine hatte den Japaner um den Finger gewickelt. Ein kleiner Teilerfolg, aber noch weit entfernt vom Ziel, den Ono-Clan auszuschalten. Harald war auf dem Weg nach Ägypten, um sich in einem dem Paradise benachbarten Hotel einzuquartieren.

Am nächsten Morgen war Jenny früh im Büro. Der Tag, an dem sie endlich den Ono-Clan zur Strecke bringen wollte. Lange hatte sie darauf gewartet, aber schaffte es der kleine Japaner, ihnen immer wieder zu entkommen. Harald hatte im Nachbarhotel eingecheckt.

Jenny erinnert sich noch genau, wie Holm damals wie ein Hund an dieses Hotel gepinkelt hatte, als sie beide betrunken vom Abendessen aus einem angeblichen 1A-Steak-Restaurant zurücktorkelten. Das Fleisch war so furztrocken, dass nicht einmal Holm es schaffte, es ohne Bier herunter zu spülen. Auf dieses Erlebnis hin beschlossen beide, sich im Restaurant so zu betrinken, dass sie nicht mehr geradeaus laufen konnten.

Die Getränke waren günstig und zudem noch lecker. Holm schaffte es auf respektable zehn Bier, wohingegen Jenny mit einer Flasche Wein dagegenhielt. Als sie zurückliefen, pinkelte Holm ganz ungeniert an die Hauswand des Nachbarhotels als plötzlich die Nachtwache des Hotels, mit einer Kalaschnikow bewaffnet, vor ihm stand.

Jenny war im Vergleich zu Holm noch einigermaßen bei Sinnen und schob dem Wächter ihr gesamtes Bargeld zu.

Er ließ sie damals zum Glück gehen. Die Geschichte hätte auch ganz anders ausgehen können. Angeblich sind Touristen in Ägypten für Erregung öffentlichen Ärgernisses schon ins Kittchen gewandert. In genau diesem Hotel wird Harald bis morgen nächtigen. Die Idee zur Rolle des reichen Walter Wurzel, die er bei dem Einsatz einnehmen wird, kam von ihm selbst.

Die Kollegen in Kairo sind ebenfalls informiert. Sie werden als reicher Scheich Sambal Olek inklusive Leibgarde morgen im Hotel auftauchen und Hiroshi den Deal unterbreiten. Sie hatte Harald beim Feiermeier extra noch eine passende Perücke besorgt.

Gegen Abend versammelte sich der Rest des Einsatzkommandos in der Zweigstelle.

Bisher verlief alles nach Plan. Alle Kollegen wurden mit der GSM-Wanzensoftware ausgestattet und als Lokation wurde die Indoor-

Poollandschaft selektiert. Die Kooperation mit den Kollegen vor Ort funktionierte hervorragend.

Gegen Abend saßen alle gespannt in der Außenstelle und lauschten den Ereignissen in Hurghada. Als während des Treffens plötzlich Schüsse fielen, waren alle in heller Aufregung.

„Was zum Teufel ist da los?", schrie Jenny. „Ruft sofort Sabine an."

„Sie geht nicht ran!"

„Dann versucht es solange, bis sie ans Telefon geht."

Circa 20 Minuten später hatte das BKA den Kontakt zu Sabine hergestellt. Laut ihrer Aussage waren plötzlich eine Gruppe Asiaten aufgetaucht und hatten das Feuer auf Hiroshi gerichtet. Er hatte aber scheinbar unverletzt entkommen können. Harald war ebenfalls verschwunden. Er würde sich aber sicher melden.

Das konnte doch alles nicht wahr sein. Sie musste nachdenken und fuhr erst mal nach Hause. Dort ließ sie sich eine Badewanne ein und starrte auf ihre gläserne Duschwand, wo sie vor ein paar Tagen noch Holm einen Tritt verpasst hatte. „Wo bist du da bloß hineingeraten, Holm?"

Eine Stunde späterlag saß sie heulend im Bett, als plötzlich ihr Handy klingelte.

Es war Holm, der ihr die nächste Hiobsbotschaft überbrachte. Makoto hatte das Ehepaar Vorhaut entführt, was er von dessen Sohn wusste, der ihm einen Mord in Hurghada initiiert durch Makoto unterschieben sollte. Das letzte fehlende Puzzlestück.

Am nächsten Tag stellte Sie ein weiteres Sonderkommando zusammen, um das Ehepaar befreien zu lassen. Sie hatten ja GPS-Daten des Japaners, was es Ihnen erleichtern würde, ihn ausfindig zu machen.

Zu gleichen Zeit in der Fränkischen Schweiz…

Makoto saß am nächsten Morgen völlig entspannt am Frühstückstisch, als er erneut die Nummer von Bernd wählte. Seit seinen letzten Anweisungen hatte er nichts mehr von ihm gehört.

Die 20 Millionen für die Auktion wurden bereits abgebucht bei Dark Pay Pal, im gleichen Moment durch die Yakuza aber wieder gutgeschrieben.

Sie hatten sicher auch schon Hiroshi getötet. Es musste also nur noch die positive Nachricht von Bernd kommen und er würde diesem Dr. Vorhaut die Kehle aufschlitzen und mit seiner großen Liebe ein Schäferstündchen im Nachgang veranstalten.

Allerdings war Bernd telefonisch nicht zu erreichen.

Er hatte Zeit und köpfte sein Frühstücksei, das er heute Morgen frisch vom Bauernhof ums Eck geholt hatte.

Zur gleichen Zeit stiegen circa 20 Spezialkräfte in zwei Hubschrauber, um die Befreiung der beiden Geiseln durchzuführen.

Aufgrund der Überwachung von Makotos und dessen GPS-Daten konnten sie deren Aufenthaltsort zügig orten und begannen die Befreiungsaktion.

30 Minuten später landeten sie auf einen Bauernhof unweit der versteckten Hütte. Das Sondereinsatzkommando formierte sich, um die Hütten zu stürmen.

Als Makoto seinen Teller abspülte, hörte er plötzlich einen lauten Knall und die Küche füllte sich mit Rauch. Minuten später lag er gefesselt am Boden und wurde abgeführt. Die Befreiungsaktion des Ärztepärchens und die Verhaftung Makotos waren somit erfolgreich.

Die Dorfjugend, die das beobachtet, twittert wenig später:
#BKA#krasseAktion#Japanerfestgenommen#Nürnbergistdiegeilste StadtderWelt.

Währenddessen in Ägypten…

Als Holm die Tür des Hotels öffnete, konnte er seinen Augen kaum trauen.

„Hiroshi!!! Wo warst du??"

„Mir ist sowohl der Sprit als auch der Akku meines Handys ausgegangen. Zudem spuckte keiner dieser ATMs Euros aus. Mittlerweile habe ich aber die 1.000 Euro unten an der Rezeption bekommen."

„Apropos, hast du ein Ladekabel?"

„Ja, ich habe es in einem Elektroladen erworben."

„Doch nicht in diesem mit den alten Nokia-Handys im Schaufenster?"

„Doch, exakt dort."

„Da war ich heute Morgen auch. Der Typ meinte nur, dass er das letzte Ladekabel verkauft habe."

„Warst du zufällig im Hinterzimmer?"

„Ja, war ich. Und bin erst mal schön weggepennt."

„Dann haben wir uns dort knapp verpasst."

„Hast du deine WhatsApp gecheckt?"

„Heute gegen Mittag zuletzt."

„Hallo, Sabine."

„Hallo, Hiroshi. Woher wusstet ihr von unserer geplanten Aktion im Hotel Hiroshi?"

„Ihr habt einen Maulwurf beim BKA!"

„Wie bitte?"

„Ja, er versorgt mich regelmäßig für eine kleine finanzielle Entschädigung mit Informationen."

Plötzlich klopft es erneut an der Hoteltür…

Harald wirkte leicht betrunken. „Ich bin der Informant", gestand er. „Ich habe mich verschuldet, nachdem ich Opfer einer Heiratsschwindlerin wurde. Sie war so glaubwürdig und wollte plötzlich Geld für ihre ukrainische Familie. Am Ende waren es 50.000 Euro und ich habe sie nie wiedergesehen."

„In welchem Film bin ich hier eigentlich?!", brüllte Holm.
Als Hiroshi sein Handy mittels Adapter das Stromnetz ansteckte, bekamen er und Holm zeitgleich eine WhatsApp.

Mit Blick auf die Gruppe starrten sie auf die Zahlenkombination. Was hatte diese letzte Nachricht von Bernd zu bedeuten?

„Vielleicht sind es Koordinaten?"

„Nein", meinte Hiroshi.

„Eventuell Buchstaben?"

„Hört auf mit dem Nonsens!", schrie Sabine plötzlich. „Gebt mir seine Nummer und wir können ihn binnen Sekunden orten.

Ich informiere die Kollegen vor Ort und in Deutschland. Wir werden euren Freund befreien."

„Ein kleines Problem gäbe es aber noch", fügte Holm hinzu.

Holm verriet allen, er habe Susis Leiche im Kofferraum eines Wagens auf dem lokalen Schrottplatz deponiert. Sie mussten die Leiche loswerden, das stand außer Frage. Die Frage war nur, wie. Der Plan mit der Natronlauge hatte sich just in diesem Moment als hinfällig herausgestellt.

Sabine äußerte sich dazu: „Ich habe einen Plan. Lasst uns keine Zeit verlieren."

Das große Finale

Als Jenny in Deutschland die Nachricht von Sabine bekam, alle seien wohlauf, fiel ihr ein Stein vom Herzen. Einzig die Nachricht, Harald habe seit Monaten als Maulwurf für den Ono Clan fungiert, stieß ihr sauer auf.

Sie informierte ihren Chef, der daraufhin als logische Konsequenz die fristlose Kündigung von Harald in die Wege leitete.

„Hoffentlich kommt er wieder auf Spur", dachte sie, die sogar ein wenig Mitleid mit ihrem Kollegen hatte.

Sabine bekam den Auftrag, direkt Kontakt zum ägyptischen Geheimdienst aufzunehmen, um die Befreiung Bernds einzuleiten. Das Handy von Bernd war schnell geortet. Der große Wurf mit der Verhaftung Hiroshis schien gescheitert, aber immerhin ging es Holm gut.

Sabine hatte den ägyptischen Kollegen den Standort übermittelt. Dass die von selbst eine Sprengung des Nebengebäudes in Erwägung zogen, kam ihr recht. Jetzt musste nur noch diese Leiche dort versteckt werden und dieses Problem wäre ebenfalls gelöst. Sie hatte Hiroshi ins Herz geschlossen und sich, man könnte fast meinen, ein wenig in ihn verliebt.

Trotz der Ereignisse erging es Hiroshi ähnlich. Holm, Hiroshi und Sabine machten sich auf dem Weg zum Schrottplatz. Harald hingegen fuhr zu den ägyptischen Kollegen, um die Befreiung vorzubereiten.

Am Schrottplatz angekommen, musste Holm zunächst den richtigen Wagen ausfindig machen.

„Ich bin mir sicher, es war ein Polo Baujahr 88."

Plötzlich erkennt er diesen auf einen Abschlepper, welcher gerade mehrere Fahrzeuge zu einer Fahrzeugpresse befördert. Hiroshi reagiert blitzschnell und springt an die Beifahrertür des Fahrzeuges. Gekonnt befördert er den Fahrer mit einem Nackenschlag ins Land der Träume.

„Sorry – ich musste schnell handeln."

Als sie sich dem Kofferraum nähern, stinkt es, als feiere dort ein Stinktier gerade eine Popcorn Party (Leichen riechen süßlich), was mich dazu bringt einen kurzen Kotzstrahl in Richtung Sabine abzusetzen. Jetzt stinkt nicht nur die tote Susi, sondern auch Sabine.

Als wir uns den angegebenen Koordinaten des Gebäudes nähern, entdecken wir sogleich das Nebengebäude. Problemlos können wir die Überreste von Susi hinter einem Holzscheitel verstecken und warten etwas abseits auf die Befreiungsaktion der ägyptischen Kollegen.

Eine Stunde später stürmten die Kollegen des ägyptischen Geheimdienstes das Gebäude. Kurz zuvor sprengten sie als Ablenkungsmanöver das Nebengebäude, in dem auch die Reste von Susi lagen.

Die positionierten Wachen stürmen schließlich in Richtung Nebengebäude und werden gesprengt. Die Mitglieder der Yakuza hingegen verschanzten sich im Hauptgebäude und wurden schließlich vom Sonderkommando überwältigt. Am Ende gab es bei der Aktion 16 Tote, unter denen leider auch Amun war. Er erschrak sich bei der Explosion, so dass er ein Baklava verschluckte und daran erstickte.

TEIL IV – EPILOG – DAS LEBEN NACH DER GROßEN REISE

KAPITEL 25: EIN SCHRECKEN OHNE ENDE

Sechs Monate später

Ich lag auf einer Sonnenliege, die mit Fernbedienung funktionierte. Mein Rücken war nach dem ersten Tag krebsrot, nachdem ich mich stur geweigert hatte, mir von Jenny den Rücken eincremen zu lassen.

Deshalb hatte ich nun den Schattenplatz und Jenny lag zwei Meter neben mir in der prallen Sonne und bräunte sich ihr tolles Bikini-Figürchen.

Wo wir uns gerade aufhalten?

Natürlich in Ägypten. Allerdings konnten wir nach all den Ereignissen nicht ins Paradise, sondern haben eine Junior Suite im Shark ergattern können.

Woher der Reichtum plötzlich? Ganz einfach. Fünf Tage nach unserer Rückkehr nach Deutschland starb der alte Nazi-Opa tatsächlich und Jenny erbte einen viel Geld. Nachdem ich durch ihre Geheimnisse was gut bei ihr hatte, bezahlte sie uns einen zweiwöchigen Urlaub zu unserem Jahrestag.

Der dicke Erich ist auch da und hat diesmal seine Mutter dabei, neben der er auch glücklicherweise im Flugzeug saß.

Sie wollen sicher wissen, was seit Ägypten noch so passiert ist?

Jenny hat ihren Job beim BKA gekündigt und beschlossen, unser gemeinsames Hobby zum Beruf zu machen. Wir sind nun stolzer Besitzer des Restaurants Seasons, dass wir vom restlichen Erbe sowie von einem zusätzlichen Kredit erwerben konnten. Horst ist unser Geschäftsführer, nachdem er ebenfalls das BKA verlassen hat.

Nachdem Hiroshi keine fundierten kriminellen Beweise angelastet werden konnten, hatte er sich schließlich aus den Geschäften zurückgezogen.

Er ist mit Sabine zusammen und verbringt mit ihr gerade einen Urlaub auf den Seychellen. Jenny meinte, dass er Sabine gestern sogar einen Heiratsantrag gemacht hat.

Jenny versteht sich seit ihrer Kündigung blendend mit Sabine. Man könnte fast schon sagen, sie sind beste Freundinnen.

Makoto sitzt seit seiner Verhaftung in Untersuchungshaft und wartet auf seinen Prozess. Nachdem ihm aufgrund eines DNA-Testes auch seine alten Verbrechen nachgewiesen werden konnten, lautet seine Anklage auf lebenslänglich. Selbst wenn er frühzeitig entlassen wird, haben sicher seine japanischen Freunde noch ein Hühnchen mit ihm zu rupfen. Der Grund: 20 Millionen Verlust und ein Professor, der unauffindbar scheint.

Ach ja, die Familie Vorhaut befindet sich seit ihrer Entführung in psychischer Behandlung. Bernd, der Gefallen an dem Beschatten fremder Personen gefunden hat, gründete gemeinsam mit dem suspendierten Harald eine Privatdetektei. Sie nennen sich H&B-Männchen – Hilfe für den Alltag.

Gaby jobbt aktuell bei uns auf 400-Euro-Basis im Four Seasons und verbringt nach Dienstschluss die ein oder andere Nacht gemeinsam mit Horst. Manchmal auf dem Tresen, manchmal darunter und gelegentlich auch in der Küche.

Wladimir Bocharewko, der von der Festnahme Brians nichts mitbekam, wurde beim Versuch der Einreise in die USA abgefangen. Er wurde direkt in ein Zeugenschutzprogramm aufgenommen und züchtet heute Silberfüchse in Novosibirsk.

Währenddessen im Folsom State Prison Kalifornien...

Anthony fertigte sein letztes Autokennzeichen in der heutigen Schicht mit der Endung 666.

Seit seiner Inhaftierung vor drei Monaten plante er akribisch seinen Ausbruch.

Wer ihn dabei unterstütze?

Natürlich seine rechte Hand aus Großbritannien.